To you Jacky,
our dear niece,
From Johnelle And
Franklin Louis Jean

We love you ! ! !

17-03-2015

D1713258

COLLECTION FOLIO

Christian Garcin

Le vol du
pigeon voyageur

Gallimard

Christian Garcin est né en 1959 à Marseille où il vit. Il a publié une dizaine de livres.

à Isabelle, première auditrice

Il sentait qu'il avait tout laissé derrière lui, la nécessité de penser, la nécessité d'écrire et d'autres nécessités. Tout cela était loin.

Ernest Hemingway

Dans le monde, tout ressemble au monde.

Marcel Granet

I

Italien d'origine,
Eugenio ne connaissait rien
à l'opéra italien

« Le 24ᵉ jour du 5ᵉ mois de la 13ᵉ année de Yongzheng (14 juillet 1735), Zhang Banqiao, lettre à son frère cadet Mo, du monastère Biefeng sur le Jiaoshan, un jour de pluie et de désœuvrement :

Jadis Ouyang Yongshu, qui travaillait à la Bibliothèque Impériale, y découvrit des milliers et des dizaines de milliers de rouleaux, tout moisis, pourris, et irrémédiablement perdus. Il y avait aussi plusieurs dizaines de rouleaux de catalogues, qui s'en allaient également en pourriture, et dont il ne subsistait que quelques rouleaux. Il regarda les noms des auteurs : il n'en connaissait aucun. Il regarda les titres des livres : il n'en avait jamais vu aucun. Or le maître Ou n'était rien moins qu'ignorant, et pour qu'un livre fût rangé dans la Bibliothèque Impériale, il fallait bien qu'il ne fût pas l'œuvre d'un inconnu. »

Lorsqu'il avait lu ces quelques lignes dans un recueil que lui avait prêté Mariana, Eugenio avait pris la décision de ne plus écrire (« de ne pas participer à cette inflation ridicule », avait-il d'abord pensé, lui qui n'avait publié qu'un livre de poésies et un ensemble de nouvelles qui s'étaient vendus respectivement à cent trente-deux et trois cent treize exemplaires) et jeté les bribes de manuscrits qui étaient en cours de rédaction. Pour plus de sûreté, il avait mis aussi les dossiers et fichiers que contenait son Mac à la corbeille, et l'avait vidée. Ensuite il s'était dit que s'il ne pouvait plus récupérer les dossiers du Mac, il était encore possible, dans un accès de remords imbécile, de sauver les feuilles froissées dans la poubelle. Aussi il les en avait extirpées, avait sorti le tout dans le jardin et y avait mis le feu, ainsi qu'au tas de branches coupées qui attendait là depuis plusieurs semaines. De toute façon, avait-il pensé, rien n'est achevé, rien ne l'aurait été, rien ne le sera. Je ferais mieux de consacrer mes loisirs au jardinage, j'en tirerai plus de satisfaction et plus de résultats.

Alors il s'était senti neuf et soulagé. Un monde paisible s'ouvrait devant lui, un monde exclusivement fait d'activités saines et domestiques, d'articles pas trop compliqués à écrire pour la page culturelle de *La Voix du Sud* — il comptait d'ailleurs demander à son directeur de ne réaliser à partir d'aujourd'hui que des entretiens, et plus aucun article de fond, afin de ne plus se laisser tenter par le vieux démon littéraire —, et de tendres câlins le week-end avec Mariana. J'ai maintenant quarante et un ans, lui avait-il expliqué le soir même, c'est l'âge où Kafka est mort. Je prends cela comme le signe qu'à présent il est trop tard pour moi. Il faut savoir renoncer. Et puis il y a bien assez de livres comme ça. Mariana était totalement abasourdie. Elle lui avait rétorqué qu'à quarante et un ans, Kafka lui aussi avait voulu détruire ses textes non publiés, et qu'heureusement Max Brod n'en avait rien fait. Mais l'argument n'avait pas réussi à ébranler Eugenio. De toute façon il est trop tard, avait-il conclu en l'embrassant.

En regardant le tas de feuilles s'évanouir en fumée dans l'air bleu, Eugenio avait aussi éprouvé quelque chose qui ressemblait à un très bref sentiment de bonheur — simplement, s'était-il dit, parce que cette fumée-là était le fruit d'une *décision*. Eugenio avait toujours éprouvé beaucoup de mal à prendre une décision, à tel point qu'il s'était parfois demandé comment Mariana, elle si énergique, pouvait le supporter. Un point de vue ne lui paraissait jamais vraiment meilleur qu'un autre, ni une résolution que son contraire. Il souffrait d'une étrange passivité, une indécision fondamentale qui nuisait parfois aux bonnes relations avec son entourage, car on le considérait alors comme obtus, ou arrogant, ou hautainement clos en lui-même au point d'être incapable de s'intéresser à quoi que ce soit. Il s'agissait à la vérité d'une irrésolution première, constitutive de sa personnalité, qui lui interdisait généralement de prendre parti, car tout bien pesé, se disait-il, n'importe quel choix était aussi justifiable, ou aussi peu, que le choix inverse. Mariana était la première femme qui semblait s'accommoder de cette carence.

Le lendemain à huit heures le téléphone sonnait. Le menton dans les mains, Eugenio était en train d'observer rêveusement les volutes du café au-dessus de son bol en pensant, lui qui entre vingt et trente ans avait tant aimé voyager, que les voyages au bout du compte ne servaient à rien, qu'on ne transportait avec soi jamais autre chose que soi-même, avec les mêmes problèmes, les mêmes imperfections et les mêmes angoisses, que le plus loin où l'on puisse se rendre à partir d'un point donné était précisément, une fois accompli le tour de la planète, ce point, et qu'il valait mieux, tout bien considéré, ne pas en bouger, ce qui évitait d'avoir à y revenir. C'était sa deuxième grande résolution.

Au bout de quelques sonneries, Eugenio alla décrocher. C'était Marie-Sophie, la secrétaire du journal, qui lui annonçait qu'à neuf heures précises il avait rendez-vous avec le directeur, Marc de Choisy-Legrand. Elle n'en savait pas plus. Eugenio comme à l'accoutumée la taquina un peu, et plaisanta sur le compte de Choisy-Legrand, un homme obèse et transpirant qui aimait, entre autres, la cuisine chinoise et l'opéra italien. Lors de repas un peu débraillés, il était capable de chanter tout à trac l'air de «Un dì, felice», de *La Traviata* — un ton plus bas qu'Alfredo Kraus, bien sûr (pour lui le meilleur interprète qu'il y eût, du moins pour cet opéra-là), mais avec beaucoup de conviction et presque brillamment. S'il était très en forme, il pouvait même enchaîner d'une voix de fausset sur la réponse de la Callas-Violetta, mais pour cela il fallait qu'il ait un peu bu. Hormis ces quelques fantaisies, assez rares malgré tout, Choisy-Legrand était un homme austère et scrupuleux, qui lorsqu'il était dans son bureau ne riait jamais et souriait rarement, un directeur exigeant qui ne sacrifiait jamais sa conception de l'éthique journalistique à la promesse de ventes supplémentaires, ce qui était tout à son honneur. Son obésité était la conséquence ou la source de nombreux problèmes de santé, Eugenio n'avait jamais très bien su lesquels, qui l'obligeaient parfois à s'absenter plusieurs jours pour recueillir des soins en clinique spécialisée.

Italien d'origine, Eugenio ne connaissait rien à

l'opéra italien. Dans le taxi qui l'emmenait vers le siège du journal, au cœur du quartier neuf et impersonnel de Bonneveine, il se demandait pourquoi il n'osait jamais avouer que l'opéra, et surtout l'opéra italien, l'agaçait au plus haut point, qu'hormis Bach, Fauré, quelques trios de Brahms et parfois Mozart, la musique classique l'ennuyait terriblement, et quant au jazz, il considérait à de rares exceptions près que cela pouvait être agréable à écouter pendant qu'on faisait les courses, mais pas plus. Il avait pourtant essayé, avait écouté des dizaines et des dizaines de disques, assisté à des concerts, et possédait du fait une assez bonne connaissance de la musique classique, assez en tout cas pour ne pas être ridicule lors de conversations entre lettrés ou gens cultivés, mais tout cela sans passion, sans grand intérêt. Pourquoi n'avouait-il jamais qu'il aimait surtout les chansons, et surtout les chansons un peu ridicules ou sentimentales, les ritournelles populaires ? Il lui fallait vaincre cette honte déplacée. D'ailleurs Deleuze lui-même souligne l'importance des ritournelles, pensa-t-il, leur rôle d'*accompagnement*. C'est la période des grandes décisions ; à présent, je dois revendiquer ma culture populaire. C'était sa troisième grande résolution.

II

J'aime beaucoup la langue française

L'avion surplombait une masse de nuages effilochés qui se dissipa soudain, laissant place à une immense étendue gris-vert au milieu de laquelle serpentait le ruban argenté d'un grand fleuve. Nez collé au hublot, Eugenio se souvenait de l'histoire de cette famille de vieux-croyants russes qui pendant quarante ans, peut-être plus, avait vécu dans une pauvre cabane complètement isolée, en plein cœur de la Sibérie, à des centaines de kilomètres de la plus proche habitation — peut-être ici, pensait Eugenio, peut-être au bord de ce fleuve juste au-dessous de moi. Ils avaient fui le « monde », le père, la mère et les deux tout petits enfants, plus un troisième que la mère portait, et de fuite en fuite, de recul en recul, s'étaient retrouvés si isolés que les enfants une fois adultes ne se souvenaient pas d'avoir jamais vu d'autres êtres humains. Une expédition géologique les avait découverts par hasard dans les années quatre-vingt, et cela avait donné lieu à une suite d'articles dans un journal soviétique, puis à un livre. Comme si le contact avec la civilisation avait été le signal attendu, eux qui avaient survécu dans des conditions si extrêmes pendant tant d'années étaient morts les uns après les autres, à l'exception de la mère, qui était déjà décédée, et de la plus jeune sœur (le couple avait eu d'autres enfants), qui avait même consenti à quitter un temps sa cabane et se rendre dans une ville située à plusieurs centaines de kilomètres de là afin de rencontrer quelques membres de sa famille éloignée. Voilà un bon sujet de roman, pensa Eugenio, en mesurant à quel point ces gens-là auraient été étonnés d'apprendre que leur vie si misérable, si rude, si terriblement ingrate, pût être considérée comme romanesque.

Il quitta le hublot et se remit à feuilleter le magazine de British Airways, sur lequel il pouvait suivre le trajet qu'emprunterait l'avion. Il était assez content de survoler bientôt la Mongolie, et, annonçait-on, la ville de Oulan-Bator. Le nom même d'Oulan-Bator lui paraissait mystérieux, riche de promesses. Quant à la Mongolie, il s'était toujours dit, à l'époque où il aimait voyager, qu'il s'y rendrait un jour, qu'il parcourrait ces steppes immenses et sauvages, en compagnie de nomades accueillants. Il se tourna vers son voisin, un Chinois qui ronflait très légèrement, les écouteurs dans les oreilles. Il avait le temps de terminer le livre qu'il était en train de lire. L'avion atterrirait à Pékin d'ici trois heures.

— Vous vous intéressez à la physique des particules ? entendit-il au bout de quelques minutes.

Le Chinois s'était réveillé et le regardait avec un grand sourire. C'était un homme d'une cinquantaine d'années, très sec, au visage prématurément ridé.

— Pardonnez-moi, dit-il, je vous dérange peut-être.

— Mais pas du tout, fit Eugenio, qui pensait exactement le contraire.

— J'aime beaucoup la langue française, dit le Chinois. Permettez-moi de me présenter, mon nom est monsieur Zhang. Zhang Hiangyun, plus précisément. Ce n'est pas bien fameux, s'excusa-t-il, cela signifie « nuage parfumé ». Mais ma mère était ainsi, et mes frères ne sont pas mieux lotis, à vrai dire. J'aime beaucoup la langue française, répéta-t-il. Je trouve que c'est une langue du désir.

— Mon nom est Eugenio Tramonti, dit Eugenio.

— Un nom italien, dit monsieur Zhang.

— Oui. Mes parents l'étaient. J'habite à Marseille, c'est tout à fait une ville italienne, du reste. Que voulez-vous dire par « langue du désir » ?

Monsieur Zhang écarquilla les yeux en souriant.

— Le subjonctif, monsieur Tramonti, fit-il avec

un air gourmand, j'ai l'amour du subjonctif. Pas vous? «Je désirais plus que tout qu'elle succombât entre mes bras.» «Si j'eusse su que vous eussiez dû y demeurer seulette, je serais venu vous rendre visite en votre chambrette.» C'est délicieux... Peu de langues recèlent autant de promesses dans un mode grammatical. Il n'y a pas vraiment de subjonctif en anglais, par exemple. C'est une langue plate — quoique très pratique, bien sûr, notamment pour tout ce qui est technique. Cela ne signifie pas qu'elle est dépourvue de charmes, d'ailleurs.

— Vous êtes professeur?

— Un peu, répondit Zhang Hiangyun, avec cet air énigmatique que savent avoir les Orientaux. Et vous?

Eugenio plongea le nez vers le hublot. D'immenses steppes brunâtres et désertes ondulaient très légèrement au-dessous d'eux.

— Je suis journaliste, dit-il. Je dois écrire quelques articles sur Xian et Pékin.

— Et vous vous intéressez à la physique des particules? demanda à nouveau monsieur Zhang.

— Vaguement, quand j'y comprends quelque chose, ce qui n'est pas toujours le cas, répondit Eugenio en souriant. Ce n'est qu'un passe-temps occasionnel. Je lis quelques livres de vulgarisation, comme celui-ci.

— Il est très intéressant, dit monsieur Zhang.

Eugenio le regarda d'un air étonné.

— Je suis astrophysicien, expliqua Zhang. Je n'ai pas lu ce livre-là, mais j'ai lu plusieurs articles de son auteur. La théorie qu'il expose est très intéressante, vraiment. La relativité d'échelle, n'est-ce pas?

— Oui, un univers fractal, avec des structures qui se répètent identiquement à l'infini, quelle que soit l'échelle, tant au niveau micro que macrophysique. Je ne comprends pas tout, avoua Eugenio, mais c'est très stimulant.

— Cela ouvre des possibilités non plus physiques mais métaphysiques, comme toujours avec les théories de la matière, dit Zhang Hiangyun. Un univers entier au cœur d'un atome, et ainsi de suite... Pourquoi pas?... Plusieurs de vos poètes ont évoqué cette éventualité. William Blake, je crois. Et aussi Pessoa. Plusieurs de nos penseurs aussi, naturellement. Avez-vous lu le *Tao-tö-king*?

— Non, avoua Eugenio.

— Lisez-le, intima monsieur Zhang. Vous verrez, vous y retrouverez Jean de la Croix et Parménide, Héraclite et Pascal. Il y a plus de ponts qu'on ne le croit. Les intuitions fondamentales n'ont pas de frontières.

Le haut-parleur annonça qu'Oulan-Bator était visible à la droite de l'appareil. La ville paraissait plutôt laide et bétonnée, coincée au milieu de collines brunes, étendant ses constructions géométriques au confluent de trois vallées. Aux extrémités, on pouvait deviner des ensembles de yourtes, les grandes tentes des nomades, qui sans doute se sédentarisaient progressivement. Quel gâchis, pensa Eugenio, quel irrémédiable gâchis. Il s'excusa et se leva pour aller fumer à l'arrière de l'appareil.

Lorsque l'avion atterrit, monsieur Zhang remit à Eugenio sa carte de visite, en lui recommandant de ne pas hésiter à le joindre si le besoin s'en faisait sentir. Pékin est une ville parfois rude, dit-il. Il est bon d'y connaître du monde. Si vous désirez que je vous y serve de guide, selon mes maigres capacités, bien sûr, ce sera volontiers. Vous voyez, conclut-il avec un grand sourire, je parle d'un désir : encore et toujours le subjonctif.

III

Emmitouflé
dans le doux carcan
de l'eau tiède et mousseuse

L'hôtel était américain et confortable, situé en bordure de Chang'an, l'immense avenue qui traverse Pékin d'est en ouest sur plus de trente kilomètres. Par la grande fenêtre de son quatorzième étage, Eugenio pouvait voir le flot des vélos qui s'écoulait lentement, agrémenté parfois de quelques îlots brunâtres — de lourdes automobiles sans grâce dont le klaxon semblait avoir été bloqué par un mécanicien facétieux. Il avalait précautionneusement une tasse bouillante de thé vert, dont quelques sachets, ainsi qu'un thermos d'eau chaude et d'autres sachets de thé, noir celui-là, avaient été disposés dans sa chambre avant son arrivée. Il était quatorze heures, c'est-à-dire six heures du matin en France, et il n'avait pas dormi. Il se sentait envahi d'une torpeur tiède, pas vraiment désagréable. Il se disait que s'il se décidait à aller prendre un bain, comme il en éprouvait le désir, il s'y endormirait sans doute très rapidement. Cela ne pouvait lui être que profitable, et il avait le temps puisque son rendez-vous n'était qu'à dix-huit heures, près de Liulichang, la rue des Antiquaires.

Dix minutes plus tard il était allongé dans la baignoire, emmitouflé dans le doux carcan de l'eau tiède et mousseuse, en ayant préalablement pris soin de régler son petit réveil en forme de cœur, un cadeau de Mariana, sur seize heures.

— Mon cher Eugenio, lui avait dit Choisy-Legrand après lui avoir demandé en guise d'introduction s'il avait assisté la veille à la dernière de *La Forza del Destino* — à quoi Eugenio fidèle à sa résolution avait répliqué qu'il n'aimait que les chansons populaires, et il avait enchaîné sur une longue explication mettant en lumière la fonction d'accompagnement des ritournelles, leur rôle consolateur lorsqu'on est loin de chez soi, leur pouvoir de faire dire aussi parfois ce que l'on n'ose avouer —, mon cher Eugenio, j'aimerais que vous acceptiez de partir en Chine à la fin du mois — pour le compte du journal, bien entendu.

D'abord paniqué, Eugenio avait refusé, car petit un la Chine ne l'intéressait pas du tout, petit deux il avait compris que voyager ne servait à rien, et cela, avait-il dit à Choisy-Legrand, faisait partie de ses récentes décisions, comme aussi celle de ne plus écrire — d'ailleurs, avait-il ajouté, j'aimerais à présent, dans la mesure du possible, n'avoir plus à réaliser que des entretiens, et plus aucun article de fond. Justement, avait continué Choisy-Legrand presque taquin, j'aimerais que vous partiez en Chine pour écrire.

Cela commençait à faire beaucoup. En deux phrases, Choisy-Legrand lui proposait de renoncer à ses deux principales résolutions. Qu'allait-il lui demander à présent ? D'écouter douze heures par jour Verdi et Puccini, et plus jamais Eddy Mitchell ni Jacques Dutronc ? Rassurez-vous, il s'agit d'écrire des articles, voilà tout, avait dit Choisy-Legrand avec un sourire. Mais, malheureusement pour votre récente décision, des articles plutôt « de fond », comme vous dites, pas des interviews. Voyez-vous, avait-il continué, je vous considère comme un journaliste consciencieux et un écrivain — si, si, ne niez pas — scrupuleux, alors écoutez-moi bien : je vais d'abord vous exposer le motif *officiel* de votre voyage.

Là-dessus Choisy-Legrand avait aspiré puis rejeté une longue bouffée de son cigarillo. Débordant de tous les côtés de son fauteuil, il suait abondamment et s'épongeait parfois le front avec un mouchoir de fine batiste. Il s'agit donc, avait-il repris, d'écrire une poignée d'articles sur quelques hauts lieux culturels de la Chine, articles que nous publierons dans le journal, bien évidemment — il faut bien justifier votre salaire, n'est-ce pas? Ainsi votre décision de ne plus écrire n'est pas vraiment mise à mal : vous n'avez qu'à vous dire que vous faites votre métier, *voilà tout*. (Il avait dit cela sur un ton définitif.) Voici maintenant le *véritable* motif de votre voyage : vous irez en Chine rendre visite à quatre personnes, trois à Pékin et une à Xian, dont je vais vous donner les noms et les adresses. Toutes ces personnes sont francophones, mais comme elles vous indiqueront certainement d'autres personnes à contacter, pendant votre séjour vous aurez très certainement à pratiquer aussi l'anglais — ce qui pour vous n'est pas un problème, n'est-ce pas? À dire la vérité il s'agit d'une petite enquête. Vous visiterez donc les villes de Pékin et Xian et vous rendrez sur quelques-uns des hauts lieux de l'histoire et de la culture chinoises. Mais surtout vous poserez des questions et vous enquêterez. Les personnes que je vous indique sont fiables. Dans la mesure du possible, ne parlez à personne d'autre, on ne sait jamais.

Eugenio avait écouté en silence. Il ne pouvait pas refuser, le ton de Choisy-Legrand l'indiquait assez. Il attendait la suite, qui tardait à venir. Aussi ce fut lui qui demanda : Vous ne m'avez pas dit grand-chose. De quel genre d'enquête s'agit-il? Et pourquoi n'y allez-vous pas vous-même? Choisy-Legrand avait inspiré profondément et répondu :

C'est ma fille, elle a disparu. Voilà une photo d'elle.
Il y a souvent eu quelques... tensions entre elle et
moi. Disons que nos caractères ne sont pas vraiment
compatibles. Elle est en Chine depuis deux ans. Je
n'ai même pas son adresse, j'envoie mes lettres à une
boîte postale. Nous avons donc des relations à la fois
tendues et distendues, si vous voyez ce que je veux
dire. Aussi, je ne peux pas prévenir l'ambassade, car
il est possible après tout que rien de particulier ne
lui soit arrivé, qu'elle n'ait tout simplement plus
envie de répondre à mes lettres. C'est ce que vous
aurez à établir. Je ne peux pas y aller moi-même,
d'abord parce que nous avons le même nom, ce qui
pourrait constituer un handicap s'il s'avérait qu'il ne
s'agit pas d'une disparition volontaire, ensuite en
raison de mes problèmes de santé. Mais attention,
avait-il continué, vous n'êtes ni Philip Marlowe ni
Clark Kent. J'ai confiance en vous, c'est tout. Soyez
prudent. Peut-être pourrez-vous glaner quelques
renseignements, plus que mes amis chinois ne pourraient le faire. La plupart d'entre eux sont assez sur-
veillés depuis quelques années.

Puis il lui avait tendu la liste des noms : monsieur
Li Yengfai, Pékin ; monsieur Zhou Yenglin, Pékin ;
mademoiselle Yi Ping, Xian ; monsieur Han Guo,
Pékin.

Eugenio avait eu quinze jours pour obtenir son
visa, confier Fabien Barthez à Mariana (Mais je ne

saurai jamais m'en occuper, avait-elle dit, et puis Tchekhov va vouloir le bouffer. Il y a des tas de chats qui se fichent éperdument des poissons rouges, avait rétorqué Eugenio, il n'y a aucune raison pour que Tchekhov soit différent), préparer ses affaires, et lire vaguement un ou deux guides sur la Chine.

Au moment précis où un homme avec un imperméable, un chapeau mou et un mégot au coin de la bouche s'apprêtait à fracasser le crâne d'un vieux bonze qui dissertait sur le Yin et le Yang, Eugenio s'éveilla car le téléphone sonnait. Il sortit précipitamment de la baignoire. C'était Marc de Choisy-Legrand.

— Eugenio, annonça-t-il, j'ai très mal dormi cette nuit, toujours mes problèmes de dos, aussi j'ai très sommeil et je vous demanderai d'être bref.

Eugenio regarda sa montre. Elle indiquait quinze heures. En France il était donc environ sept heures.

— Bonjour, monsieur le directeur. Que voulez-vous savoir? Je n'ai encore vu personne. J'arrive à peine.

— Je sais bien que vous arrivez à peine, dit Choisy-Legrand. Vous n'avez parlé à personne? Même pas dans l'avion?

Eugenio était estomaqué. Comment savait-il?

— Euh... si, répondit-il. Un astrophysicien chinois. Nous avons parlé de physique et de poésie.

— De physique et de poésie... Vous lui avez dit ce que vous veniez faire en Chine?

— J'ai dit que je venais écrire quelques articles pour un journal.

— Bon. Rien d'autre?

— Rien d'autre. Mais comment savez-vous...

— Je ne sais rien, j'imagine, voilà tout. Je vous rappelle à midi, c'est-à-dire pour vous à vingt heures. Soyez dans votre chambre. Monsieur Li est très ponctuel. Ne ratez pas son rendez-vous.

Il raccrocha. Eugenio hésita un peu puis s'allongea à nouveau, cette fois sur le lit. Il lui restait une bonne heure à dormir. Le sommeil le prit brutalement, tandis que sans trop s'en rendre compte il fredonnait intérieurement *Magnolias for ever*.

IV

Un léger bruit de soie froissée

— J'ai entendu dire qu'il y a en Afrique des jeunes gens qui parviennent à se faufiler sur les pistes de l'aéroport, à se cacher dans le train d'atterrissage d'un avion à destination de l'Europe, et à faire le voyage ainsi dissimulé. Est-ce que c'est vrai? demanda monsieur Li.

Eugenio avala une gorgée de thé.

— C'est tout à fait exact, répondit-il, même si les autorités s'efforcent de ne pas trop l'ébruiter. Bien entendu ces jeunes gens arrivent à destination plongés dans un coma irréversible, ou bien déjà morts. Certains se sont fait écraser lors de la rétractation du train d'atterrissage, d'autres sont morts gelés car les températures à neuf mille mètres sont de l'ordre de quarante degrés au-dessous de zéro, d'autres enfin meurent par manque d'oxygénation du cerveau, car si haut l'air est très pauvre en oxygène. C'est assez terrible.

— Terrible, en effet, fit monsieur Li d'un air désolé. Ici ce serait sans doute impossible, car sur nos aéroports les règles d'accès et les systèmes de surveillance sont beaucoup plus stricts, mais s'il n'y avait pas cette impossibilité purement *pratique*, je pense que quelques-uns tenteraient peut-être l'expérience.

Eugenio et monsieur Li étaient assis face à face dans une assez vaste demeure très claire, au mobilier soigné, ornée de multiples bibelots dont certains apparemment étaient très anciens et sans doute de grande valeur, dans une ruelle perpendiculaire à la rue des Antiquaires, où monsieur Li avait son magasin. La pièce donnait sur une cour intérieure, de l'autre côté de la rue. Le silence était total. Entre eux, une table basse en acajou et deux bols de thé fumant. Du Long Qin, avait dit monsieur Li, c'est celui que je préfère, le «Puits du Dragon». On ne le trouve pas partout. Il y a de nombreuses contrefaçons, et celui que l'on voit sur les étagères de la plupart des magasins n'est pas de l'authentique Long Qin, ce ne sont que des résidus d'autres thés fabriqués par la même compagnie. Mais j'ai mes fournisseurs, avait-il ajouté, l'œil malicieux.

— Les jeunes gens ici ne sont plus préoccupés que par l'argent, continua monsieur Li, mais il n'y en a pas pour tous, bien entendu. Voyez-vous, la Chine est aujourd'hui un pays d'enfants uniques. Ou plutôt elle devrait l'être, corrigea-t-il. La loi instituant le contrôle des naissances n'est à peu près appliquée qu'en ville. À la campagne, on fait encore beaucoup d'enfants. Or les terres cultivables ne sont pas extensibles à l'infini. Tout ce qui est exploitable est exploité — il n'y a pas de terres en friche dans notre pays. Aussi les villes sont-elles comme des lanternes qui attirent à elles les papillons des campagnes. Il y a des millions de paysans qui viennent s'amasser dans des banlieues toujours plus sordides pour chercher du travail, que souvent ils ne trouvent pas. On annonce cent millions de chômeurs. Il y en a probablement plus du double, surtout chez les jeunes. Je sais que beaucoup ne rêvent que d'une chose, c'est de partir à l'étranger, surtout aux États-Unis, et dans n'importe quelles conditions.

— Ce ne serait pas forcément mieux pour eux, fit remarquer Eugenio.

— Peut-être, mais ils ne le savent pas. Tout comme les jeunes Africains ne savent pas ce qui les attend si haut dans le ciel.

Le thé était délicieux. Par la fenêtre ouverte, Eugenio entendait des cris incompréhensibles et très chantants, sans doute des enfants qui jouaient dans une cour voisine, comme une comptine s'égrenant paisiblement dans la lumière poudreuse du jour déclinant. Monsieur Li était un vieillard ridé, affable et souriant, à la peau légèrement tavelée. Une déviation de la colonne vertébrale le déportait un peu vers la droite et le faisait claudiquer. Il avait dispensé pendant plusieurs années un cours sur les civilisations orientales à l'université Paris IV, et connaissait parfaitement la langue et la culture françaises. Il portait un costume sombre et élégant, une cravate discrète.

Eugenio se demandait comment procéder. Choisy-Legrand ne lui avait pas dit si les gens qu'il devait voir savaient qu'il n'avait jamais rencontré sa fille Anne-Laure, qu'il ne l'avait vue qu'en photo le jour où la mission lui avait été confiée, et qu'il ignorait tout des circonstances de sa disparition. Il avait pris la décision de laisser ses interlocuteurs mener la conversation à leur guise. Ils étaient prévenus de l'objet de sa visite, et sauraient que lui dire, quand et comment. Pour l'instant monsieur Li n'avait évoqué ni Choisy-Legrand ni sa fille, et Eugenio ne comprenait pas trop où il voulait en venir avec cette histoire de jeunes Chinois désireux de quitter leur pays. Dans un léger bruit de soie froissée, une toute petite dame fit son apparition, vêtue d'un superbe kimono argenté aux reflets rouges.

— Madame Li, fit monsieur Li. Elle parle très mal français, excusez-la.

Madame Li s'inclina avec grâce et ostentation.

Bienvenue à notre ami français, dit-elle d'une voix de mezzo-soprano douce et gutturale, qu'Eugenio jugea assez étonnante pour son âge et sa taille. Il fit un signe de tête en guise de remerciement, lui sourit et but une gorgée de thé.

— C'est elle qui connaît Anne-Laure, continua monsieur Li. Moi, je ne l'ai vue qu'une fois, c'est il y a presque un an. Une jolie jeune fille ; très aimable, aussi.

Madame Li était venue s'asseoir face à Eugenio. Elle exhalait un parfum très lourd et très sucré, qu'il n'aurait su définir. C'était une vieille femme à la peau lisse et aux dents minuscules, parfaitement blanches et régulières. Eugenio se sentit mal à l'aise. Au moment où monsieur Li avait parlé tout à fait naturellement d'Anne-Laure sans que rien dans la conversation qu'ils avaient ensemble n'eût pu jusqu'alors le laisser prévoir, sans que précédemment ni lui ni Eugenio n'eussent fait la moindre allusion à Choisy-Legrand ou à sa fille, il s'était mis malgré lui à considérer que cette histoire était peut-être une folie douce et dangereuse, dont les contours étaient un peu trop flous. Il en venait à redouter que les murs n'aient des oreilles, ou tout au moins des caméras-espions cachées un peu partout, des micros dissimulés sous les tentures, derrière les vases en cloisonné et les statuettes d'ébène. Une étrange inquiétude l'habitait soudain.

— Vous cherchez Anne-Laure ? demanda madame Li avec un sourire engageant.

Eugenio fit un léger signe de tête et lui rendit son sourire. Elle faisait des efforts à chaque syllabe, sous le regard encourageant et bienveillant de son mari, qui marquait son approbation à chacun de ses mots en dodelinant du chef.

— Je l'ai vue souvent, continua madame Li avec un accent épouvantable. Elle suivait des cours de chinois à l'Institut.

— Il s'agit d'un centre réservé aux étrangers, intervint monsieur Li. On peut y apprendre la langue et la calligraphie chinoises. Ma femme y donne des cours.

Madame Li approuva de la tête.

— Elle n'est plus venue depuis deux mois environ. Très gentille.

— Savez-vous où elle résidait ? demanda Eugenio.

— Non, mais à l'Institut peut-être... Elle était... discrète, you know.

Monsieur Li eut un petit rire, sans doute pour souligner avec un peu de gêne le soudain anglicisme de sa femme.

— Je n'en sais pas beaucoup, fit remarquer Eugenio. Vous n'avez rien à me dire sur ses goûts, son comportement ?

39

Monsieur Li s'adressa en chinois à sa femme, qui eut tout d'abord une moue réprobatrice, puis sembla se laisser convaincre. Ce fut monsieur Li qui prit la parole.

— Ma femme n'ose pas vous dire que la jeune fille avait une... relation, une liaison, avec un autre étudiant de l'Institut, un Italien du nom de Pietro.

— Pietro comment ?

— Savelli, je crois, fit madame Li. Lui non plus ne vient plus, ajouta-t-elle d'un air désolé. Reparti en Italie. Joli jeune homme, très gentil aussi.

Eugenio dut avoir l'air découragé, car monsieur Li lui dit, sur un ton exagérément convaincant :

— Ne vous en faites pas, vous la retrouverez. Il faut parfois ne pas trop en savoir pour atteindre le but recherché. Soyez sûr que si l'on enseignait la géographie au pigeon voyageur, il n'atteindrait jamais sa destination.

Madame Li approuvait d'un air un peu triste. Un dernier rayon de soleil filtrait à travers le treillis des fenêtres et venait souligner les reliefs d'une table en bois sombre, de l'autre côté de la pièce. Les enfants dans la cour étaient partis, un grand silence régnait à présent, à peine ébréché par la rumeur diffuse des boulevards, très loin. On entendait par intermittence le cri étrange d'un oiseau, peut-être un engoulevent, se dit Eugenio. Monsieur Li se leva, se dandina maladroitement jusqu'à la table inondée de lumière poussiéreuse, et alluma un bâtonnet d'encens. Puis il lui tendit un papier sur lequel était inscrite une adresse.

— L'Institut, dit-il à Eugenio. Vous pouvez y aller de la part de ma femme, ou de la mienne. Peut-être en apprendrez-vous un peu plus. Nous sommes vraiment désolés de ne pas pouvoir vous aider davantage.

Quelques minutes plus tard, Eugenio arpentait lentement Liulichang et laissait son regard flotter à l'intérieur de chacune des boutiques remplies de vases, statuettes et autres babioles, sans parvenir à l'accrocher nulle part. Le soleil avait disparu, il régnait une lumière étrange, un peu bleutée. Il pensait à la photo d'Anne-Laure, que Choisy-Legrand lui avait donnée. Une jeune fille aux cheveux et aux yeux noirs, le visage plutôt poupin. Un visage assez banal, rien de bien notable, à vrai dire. Il se disait que si monsieur Li avait raison avec son histoire de pigeon voyageur, dans ce cas il était tout à fait certain de la retrouver, car le moins qu'on pût dire, c'est que ce n'étaient pas les renseignements qui l'encombraient.

Devant lui, arrêté au milieu de la rue, il y avait un vieil homme qui se déplaçait dans une sorte de sabot roulant, un cul-de-jatte qui fabriquait de minuscules figurines de plomb représentant des paysans ou des soldats. Il fit signe à Eugenio de venir vers lui. Le travail était très soigné et méticuleux. Mariana aimerait certainement. Le vieil homme était vêtu à l'ancienne, bleu de travail et casquette Mao. Il souriait à Eugenio de toute sa bouche édentée.

— Fifty yuans only, fit-il d'un air engageant. C'était peu pour Eugenio, mais considérable pour un si petit objet. Eugenio se dit qu'il convenait sans doute de marchander un peu. Il désigna un petit paysan en caleçon noir, chapeau de paille et chemisette blanche et dit : Ten, ce qui était une somme pour lui tout à fait dérisoire mais sans doute encore bien supérieure à ce qu'en attendait le vieillard.

— Ten, O.K., fit-il sans discuter, tout à fait hilare, et il enveloppa prestement la figurine dans du papier journal. Looking for the young girl? murmura-t-il soudain, toujours souriant.

Eugenio eut un petit mouvement de surprise. Il fit mine de ne pas bien saisir.

— Young girl, répéta le vieillard. Mister Li. Yes?

Eugenio ouvrit grands les yeux et hocha légèrement la tête en signe d'encouragement. Mais le vieillard continuait à le regarder muettement, sans se départir de son sourire. Eugenio se rendit compte qu'il tenait le paquet avec la figurine d'une main, tandis qu'il tendait l'autre vers lui. Il comprit et rajouta quarante yuans.

42

— Wangshulu Street, two two two, dit le vieillard.

Puis il tendit à Eugenio le petit paquet, empocha les cinquante yuans, le salua d'un signe de la tête et actionna les roues de son espèce de sabot mobile.

V

Lisez Sun Zi,
si vous avez le temps

Eugenio avait tenu à terminer son livre, mais il avait décroché avant la fin et survolé très rapidement les dernières pages. Trop de connaissances lui manquaient, et même si quelques fulgurances pouvaient survenir, qui lui ouvraient soudain de très excitantes perspectives, une base théorique suffisamment stable et solide lui faisait cruellement défaut. Cela avait été pareil avec le livre de Stephen Hawking, quelques années auparavant, qui avait été un grand succès de librairie, sans doute plus en raison de la très médiatique infirmité de l'astrophysicien que du contenu du livre, en fait accessible à très peu de lecteurs. Il en venait à se demander s'il lui fallait se résoudre à ne lire que les livres d'Hubert Reeves, jadis de bons ouvrages de vulgarisation, à présent de fumantes odes néo-écologistes qu'il jugeait assez pénibles.

Il installa devant lui la photo de Mariana. Elle lui

souriait, son regard vert d'eau un peu barré par une mèche de cheveux qu'avait soulevée un léger mistral au moment où Eugenio avait appuyé sur le déclencheur. Qu'y a-t-il de commun entre la disparition d'une jeune fille, la théorie des fractales et le vol d'un pigeon voyageur? lui demanda-t-il. Il attendit quelques secondes et soupira : Je n'en sais rien moi non plus, ma chérie. Je suis épuisé, j'ai très peu dormi, tu sais. Et d'ailleurs je vais te l'écrire.

Il avait presque achevé sa lettre — une lettre assez courte où il lui exposait brièvement les événements de la journée, une lettre qui commençait par *Mariana cara, mon amour*, et allait se terminer par *Je t'embrasse encore et encore, partout et partout* — lorsque le téléphone sonna. Choisy-Legrand était ponctuel, il était vingt heures pile. Eugenio lui raconta son après-midi en détail. Ensuite il acheva sa lettre, descendit dans la grande salle de restaurant au milieu de laquelle un petit orchestre assez discret interprétait, sans doute afin de flatter les touristes, des mélodies occidentales avec des instruments chinois, ce qui était plutôt pénible — Eugenio s'était même levé pour leur demander de bien vouloir jouer des mélodies chinoises, car il aimait beaucoup cela, avait-il menti —, dîna assez copieusement, acheta un timbre et transmit sa lettre au bureau de poste de l'hôtel, puis il monta se coucher.

J'aurais dû vous prévenir, avait dit Choisy-

Legrand, vous n'apprendrez jamais rien directement. Vous connaissez bien la littérature du XVIIIe siècle, je crois? Pas mal, avait répondu Eugenio un peu étonné, j'ai fait un D.E.A. sur Crébillon et Laclos, pourquoi? Eh bien servez-vous-en, mon vieux, servez-vous-en. Comment ça, servez-vous-en, avait demandé Eugenio, que voulez-vous dire? La stratégie du détour, cela ne vous dit rien? avait continué Choisy-Legrand. Dans la société et la littérature françaises du XVIIIe, tout comme dans la société chinoise, même encore aujourd'hui, c'est le triomphe de la ligne courbe, de la sinuosité, de la stratégie du détour. Les choses ne sont jamais directement exprimées. Pas d'affirmation péremptoire ni d'opposition stérile. C'est le combat de l'eau contre le roc. L'Occident, c'est le roc, la raison sûre d'elle-même. La Chine, c'est la stratégie de l'eau : fluide, mouvante, qui contourne, érode et finit toujours par l'emporter. Lisez Sun Zi, si vous avez le temps. Qui est-ce? avait demandé Eugenio. Un stratège guerrier. Et puis non, cela ne vous servira à rien, avait ajouté Choisy-Legrand. Mais souvenez-vous : la stratégie du détour. Où allez-vous demain?

Choisy-Legrand commençait à l'agacer un peu avec ses airs de donneur de leçons. Aussi ç'avait été sur un ton inhabituellement sec qu'Eugenio avait répondu : la Grande Muraille, puis l'adresse qu'on m'a donnée. Bon, je vous laisse, je dois descendre, une urgence. Alors à demain, même heu... avait eu le temps de dire Choisy-Legrand juste avant qu'Eugenio ne raccroche.

En regagnant sa chambre une heure plus tard, tout en fredonnant malgré lui *Couleur menthe à l'eau*, Eugenio se disait qu'il était vrai qu'en Chine les jardins étaient souvent labyrinthiques, tout comme ils l'étaient en France au XVIIIe siècle. Mais cela ne l'avançait pas à grand-chose. Au moment de s'endormir, il eut un tout petit rêve dans lequel Mariana chantonnait une mélodie chinoise afin de l'attirer au cœur d'une maison chaude et inquiétante.

VI

Un James Stewart asiatique
aux yeux bouffis

Le 222 Wangshulu était situé dans le vieux Pékin, face à un restaurant de spécialités du Sichuan que la réceptionniste de l'hôtel lui avait indiqué comme étant une des meilleures tables de la ville. Il faut absolument y aller avant de quitter Pékin, lui avait-elle dit lorsqu'elle avait pris connaissance de l'adresse qu'Eugenio lui avait demandé de situer sur un plan. Il s'agissait d'une simple porte métallique percée dans un mur gris, sans fenêtres. Elle était entrouverte. Eugenio frappa quelques coups du plat de la main, et poussa légèrement. Derrière s'ouvrait un corridor extérieur tout en briques qui semblait donner sur un mur aveugle, mais en regardant mieux Eugenio se rendit compte que tout au fond le couloir bifurquait sur la gauche. Il hésita quelques secondes, puis pénétra lentement. Parvenu au mur, il suivit le corridor sur la gauche et trouva face à lui un petit débarras encombré de choux, cageots, charbon, chaises cassées. Le couloir tournait cette fois sur la droite, et s'interrompait quelques mètres plus loin, définitivement cette fois, par un mur de briques. Juste avant, sur la droite à nouveau, s'ouvrait une petite porte qui donnait sur une minuscule cour intérieure, au milieu de laquelle se trouvait une maisonnette grise dont les fenêtres étaient opaques. Eugenio mit un moment à comprendre qu'elles étaient tendues de papier huilé bleu et vert. C'est étrange, pensa-t-il, il est possible de pénétrer, mais pas de regarder. Les paroles de Choisy-Legrand relatives à la stratégie du détour et la sinuosité lui revinrent en mémoire.

Quelques heures plus tôt, tandis qu'il contemplait serpentant aussi loin que le regard pouvait porter le ruban pierreux de la Grande Muraille, Eugenio avait pensé une première fois aux paroles de Choisy-Legrand, tentant de les appliquer à la conversation qu'il avait eue la veille avec monsieur Li. Hormis les choses sans importance et les politesses d'usage, ce qui avait surtout alimenté leur conversation avait été ce problème des jeunes chômeurs qui s'ils le pouvaient, estimait monsieur Li, n'hésiteraient pas pour certains à aller se coincer dans le train d'atterrissage d'un avion en partance pour les États-Unis. Quel rapport avec Anne-Laure de Choisy-Legrand ? Monsieur Li avait-il voulu suggérer qu'elle fréquentait quelques-uns de ces jeunes gens désœuvrés ? Ou bien qu'elle approvisionnait secrètement certains en devises étrangères qui leur permettraient d'espérer quitter le pays ? Mais en échange de quoi ? Trop de questions et pas assez de réponses, s'était-il dit. Alors il avait décidé de ne plus penser à rien et s'était mis à fredonner tout bas *Et maintenant*, qui insensiblement s'était transformé en *Boléro* de Ravel. Il ne s'était jamais rendu compte que du point de vue du rythme, c'était exactement la même chose (quatre-quatre-dix), et cette découverte lui avait causé un semblant de joie et de satisfaction. Le ciel était d'un bleu très foncé, et la végétation de part et d'autre de la Grande Muraille semblable à une mer de broussailles inextricables. Eugenio s'était arrêté quelques instants, puis retourné, et avait aperçu au loin un groupe de touristes qui gravissaient lentement une volée de marches particulièrement hautes et abruptes. Quant à lui, il était arrivé aussi loin qu'il le pouvait. Au-devant, la Muraille était détruite et reprenait sa course serpentine quelques centaines de mètres plus loin. Il avait fait demi-tour en se disant qu'il avait malgré tout un article à écrire, et qu'il lui faudrait se renseigner un peu mieux sur cet empereur cruel qui avait fait construire la Muraille.

Il frappa légèrement à la porte, qui s'ouvrit aussitôt sur une énorme dame aux yeux si plissés qu'il était pratiquement impossible de savoir s'ils étaient ouverts ou fermés. Eugenio se rendit compte qu'il ne savait absolument pas quoi dire, ni en quelle langue. Face à lui la grosse dame demeurait figée dans un silence hostile. Elle n'avait pas fait le moindre geste, pas même un léger mouvement de tête pour l'inviter à présenter le but de sa visite. En souriant du mieux qu'il pouvait, Eugenio lui demanda d'abord si elle parlait français, ensuite si elle parlait anglais. Toujours sans la moindre expression ni le moindre bruit, elle se détourna brusquement de lui et disparut très vite au fond de la maison. Eugenio ne savait trop que faire. Il décida de demeurer planté là, au seuil de la porte, en essayant de scruter autant qu'il le pouvait l'intérieur extrêmement sombre de la maisonnette. Un pauvre mobilier, une radio, une machine à coudre, un rideau derrière lequel avait disparu la grosse dame, c'était tout. Au bout de quelques minutes le rideau s'agita légèrement et laissa place à un grand jeune homme dégingandé et ébouriffé qui ressemblait un peu à James Stewart dans *La vie est belle*, mais un James Stewart asiatique aux yeux bouffis. Manifestement il avait été dérangé pendant sa sieste. Il se frotta les yeux, invita d'un air bougon Eugenio à entrer et s'asseoir sur un genre de pouf recouvert d'une dentelle grisâtre, et s'adressa à lui dans un anglais en comparaison duquel celui d'Eugenio était presque parfait.

— Vous voulez un peu de thé?

Eugenio accepta d'un signe de tête appuyé. Plusieurs phrases d'introduction défilaient dans sa tête, mais aucune ne lui semblait satisfaisante. Finalement il en saisit une au vol.

— Je viens de la part de monsieur Li, dit-il.

L'autre était occupé à servir le thé, et ne le regarda même pas. Il y a beaucoup de monsieur Li, fit-il sèchement. Son ton était rien moins qu'engageant, plutôt méfiant. Hostile, même, pensa Eugenio.

— Monsieur Li qui habite dans Liulichang, continua-t-il.

L'autre n'avait toujours pas levé les yeux vers lui et gardait le silence. Il avait reposé la théière avec un excès de lente délicatesse et contemplait attentivement le fond de sa tasse. Quelques minutes s'écoulèrent ainsi, dans un silence pesant. James Stewart en avait profité pour allumer une cigarette, et en proposer une à Eugenio, qui avait accepté. Il s'agissait de cigarettes assez courtes, à la fumée très épaisse qui progressivement les nimbait d'un halo grisâtre. Eugenio eut soudain une idée. Il fouilla dans la poche de son blouson de toile et en retira le paquet contenant la petite figurine de plomb, qui y était oubliée depuis la veille au soir. Il déplia soigneusement le papier journal et montra le minuscule paysan au James Stewart mal réveillé. Le jeune homme le prit entre ses doigts, le tourna un peu de tous les côtés, et le rendit à Eugenio.

— Il y a du sucre, si vous voulez, dit-il.

Eugenio jugea que son ton était un peu plus affable, aussi demanda-t-il :

— Vous voyez de quel monsieur Li je veux parler ?

— Puis-je revoir la petite statue ? fit l'autre, toujours sans regarder Eugenio.

Alors Eugenio crut comprendre. Il sortit de sa poche un billet de dix dollars, y enveloppa la figurine, et tendit le tout à James Stewart, qui s'en saisit prestement.

— Elle est très jolie, dit-il. Très très jolie.

Il la lui rendit et empocha le billet.

— Vous êtes de l'Institut ? demanda-t-il, soudain aimable.

— Je cherche quelqu'un qui y a été, répondit Eugenio. Une jeune fille française, du nom d'Anne-Laure de Choisy-Legrand.

Il sortit la photo. James Stewart la regarda à peine.

— Anne-Laure ? Oui, oui. Mais je ne sais pas où elle est, maintenant, dit-il très rapidement.

— Elle est partie ?

— Je ne sais pas. Plus vue depuis longtemps.

— Vous la connaissiez bien ?

— Elle était amie avec un de mes amis. Elle dansait très bien le rock'n' roll. Très très bien. Elle m'a appris un peu.

— Où habitait-elle ?

L'autre eut une moue renfrognée.

— Je ne sais pas.

Eugenio glissa un autre billet de dix dollars sous la tasse vide.

— Mon ami le sait peut-être.

Il se mit à parler chinois assez fort. La grosse dame silencieuse fit son apparition, écouta, puis alla fouiller dans un tiroir et lui remit un papier et un crayon. Il griffonna quelques idéogrammes rapides, puis des lettres latines.

— Voilà. Mi Wang, c'est son nom. Ici, son adresse. C'est au sud. J'ai écrit aussi en chinois pour le taxi ou le pousse-pousse. Voulez-vous un peu plus de thé ?

VII

Les démons ne se déplacent qu'en ligne droite

Mariana cara, mon amour,

Ce matin j'étais sur la Grande Muraille et je pensais à toi, qui aimerais tant t'y trouver, alors que moi, cela m'indiffère assez. J'ai ensuite déjeuné de pattes de canard gluantes et de morceaux de poisson. L'après-midi j'ai vu dans une maison labyrinthique un grand type mal réveillé, tout en bras et en jambes, qui ressemblait à James Stewart. Il m'a indiqué une adresse où je me rendrai demain, après avoir visité la Cité Interdite. Je sais que tu aimerais beaucoup y aller aussi, alors que moi, cela ne m'excite guère. Je n'ai pas changé d'avis au sujet des voyages. Après-demain j'irai au Palais d'Été, où j'ai rendez-vous avec un ami, ou une connaissance, de Choisy-Legrand. Ensuite, je ne sais pas. Et le jour suivant, ce sera Xian — prononcer Ssi-an — et l'armée ensevelie. Il paraît que c'est le même empereur qui a fait construire la Grande Muraille et réaliser cette armée d'argile. Voilà un bon début pour mon article, qui à vrai dire ne m'excite guère non plus. J'ai surtout hâte de rentrer et te retrouver. Choisy-Legrand m'emmerde et sa fille aussi. Je t'aime comme un fou, je n'aime que toi. Je t'embrasse encore et encore, partout et partout. Ton Eugenio.

P.-S. Au dos, un plan de la maison où je me suis rendu cet après-midi. Choisy-Legrand m'a expliqué tout à l'heure au téléphone que ce parcours sinueux et labyrinthique était destiné à empêcher les démons d'y pénétrer. Les démons ne se déplacent qu'en ligne droite. Tu savais ça?

Eugenio plia la lettre et la glissa dans une enveloppe, puis il descendit au bureau de poste de l'hôtel, situé à l'entresol, où il acheta un timbre et la confia au receveur. Ensuite il se dirigea vers la salle de restaurant, où l'orchestre persistait avec ses mélodies occidentales. Il s'agissait de *La Paloma adieu*, que maltraitaient les sons beaucoup trop aigus et plaintifs d'instruments dont Eugenio ignorait le nom. Il se dit qu'il pourrait aussi bien dîner à l'extérieur, pourquoi pas au restaurant sichuanais dont la réceptionniste lui avait dit le plus grand bien?

Le taxi le déposa à quelques rues de là, car la Wangshulu Street était en sens unique, avait-il cru saisir, un demi-tour était donc impossible, et le chauffeur aurait été tenu d'aller trop loin, c'est du moins ce qu'il avait tenté de faire comprendre à Eugenio avec très peu de mots d'anglais et beaucoup de gestes. Dans la rue déserte et mal éclairée, Eugenio passa devant une cuisine aux vitres embuées où une armée de canards plumés et pendus par le cou attendaient de se faire laquer dans un vacarme de machine à vapeur. Il se dit qu'il allait peut-être en commander, encore que la cuisine sichuanaise fût plutôt réputée pour ses mille et une façons d'accommoder le poisson, avec des sauces souvent très piquantes. La salle de restaurant était précédée d'une grande entrée en bois sculpté, ce qui conférait à l'ensemble, situé dans un quartier plutôt populaire, un aspect un peu grandiloquent. Eugenio nota qu'en face la petite porte métallique du 222 était toujours entrouverte. Il passa sous le grand porche de bois, arpenta quelques mètres de gravier, et pénétra dans la salle proprement dite, qui était extrêmement enfumée. À l'intérieur, presque toutes les grandes tables à la chinoise, rondes et munies au centre d'un petit plateau tournant, étaient occupées par des familles ou des groupes d'amis. Eugenio était apparemment le seul non-Asiatique. Quelques années auparavant, cette simple constatation lui aurait presque été une jouissance, il aurait considéré cela comme un vrai dépaysement, une authentique plongée dans la réalité quotidienne d'un pays. Observateur silencieux et non-intervenant, il aurait voulu s'imprégner de tout, des odeurs parfois désagréables, des paroles incompréhensibles, des visages, des bruits, pour se donner l'illusion de posséder, même de façon éphémère, toutes ces vies qui pendant quelques heures ou minutes se dérouleraient là devant ses yeux sans se soucier de lui le moins du monde. Un jour il s'était rendu compte que la position qui était la sienne dans ces moments-là était exactement celle d'un observateur à visées plus ou moins ethnologiques, et cela avait fini par le gêner, puis par ne plus l'intéresser du tout. Il s'était résolu à accepter de ne pouvoir se fondre dans une réalité autre que la sienne, avec laquelle il avait d'ailleurs bien assez à faire.

Une serveuse nonchalante à l'air boudeur l'installa à une table à huit places où se trouvaient déjà quatre jeunes gens probablement un peu ivres, qui parlaient très bruyamment et fumaient beaucoup. Lorsqu'il s'assit, ils le saluèrent à peine et reprirent leurs rires et leur conversation. La fumée était un écran entre lui et eux. Le menu était écrit en chinois, aussi Eugenio désigna-t-il un poisson à la sauce richement colorée qui se trouvait sur une table à côté de la sienne. Puis il sourit à la serveuse et lui dit *cha*, et ensuite *mi fan*, car il se souvint qu'il avait lu quelque part que cela voulait dire « thé » et « riz ». La serveuse avait de très jolies lèvres, pulpeuses et luisantes. Elle ne lui rendit pas son sourire, gribouilla quelque chose sur son carnet, puis s'éloigna. Eugenio la regarda se dandiner souplement entre les tables. Elle avait dans la démarche une sorte de grâce lascive qui lui plaisait assez. Il décida de participer à la tabagie ambiante et alluma une cigarette. Ce fut à cet instant qu'un homme qui venait d'entrer dans le restaurant avança vers lui en disant Monsieur Tramonti, quelle heureuse surprise, verriez-vous un inconvénient à ce que nous partagions ce repas?

VIII

Regarde,
regarde l'eau qui court

— Ce restaurant est très réputé, vous savez, avait expliqué Zhang Hiangyun en s'asseyant avec un grand sourire. Il n'était pas tout à fait improbable que nous nous y rencontrions. Pour ma part, j'avoue que je m'y attendais un peu.

La serveuse lascive était revenue, avait pris la commande d'un air toujours aussi boudeur, puis était repartie sous le regard appuyé d'Eugenio.

— On m'a dit, demanda-t-il après que les politesses d'usage furent échangées, qu'en Chine beaucoup de jeunes gens aimeraient quitter le pays. Est-ce exact ?

— Je ne dirais pas cela ainsi, fit Zhang. Disons qu'aujourd'hui les jeunes citadins aspirent pour la plupart à un mode de vie occidental, plus précisément américain. On les sent surtout préoccupés de dollars et de divertissements, et notamment de karaoké — vous n'imaginez pas le nombre de bars karaoké qui se sont ouverts à Pékin et dans toutes les grandes villes ces dernières années, continua-t-il avec un air effaré, c'est une véritable calamité. Alors, il est vrai que leurs aspirations ne coïncident pas... tout à fait avec ce que leur propose le pays — et cela à tous points de vue.

— D'un point de vue politique, aussi? demanda Eugenio d'un ton qu'il voulait le plus naturel possible.

Monsieur Zhang le regarda en souriant. Il avait un beau visage, à la fois énergique et très ridé. Pendant quelques instants il demeura ainsi. Eugenio ne savait trop que faire et choisit de soutenir son regard d'un air exagérément naïf.

— Je vais vous énoncer un vieux précepte bouddhiste, monsieur Tramonti, reprit Zhang d'un ton aimable. Un jeune disciple et son maître marchaient le long d'un torrent. Le disciple posait beaucoup de questions, parfois fort pertinentes d'ailleurs, qui s'enchaînaient très logiquement les unes après les autres. Alors le maître arrêta sa marche, lui désigna le torrent et dit : « Regarde, regarde l'eau qui court. » Puis ils reprirent leur chemin.

Il y eut un silence, noyé sous le flot des imprécations qui provenaient de l'autre côté de la table, où deux des jeunes gens de plus en plus ivres se disputaient violemment.

— Je pose trop de questions, dit Eugenio en souriant.

— Ce n'est pas ça. Mais méfiez-vous des enchaînements logiques. Il faut parfois savoir rompre la chaîne des causalités.

La serveuse déposa sur la table une théière, deux tasses et un énorme bol de riz gluant, puis elle revint avec le poisson qu'avait commandé Eugenio et un autre plat à la forme bizarre et bombée. Lorsqu'elle le déposa sur la table, Eugenio reconnut une tortue, à peu près de la taille de Sheila, la tortue qu'il avait eue enfant.

— Vous mangez ça ? ne put-il s'empêcher de demander avec une petite grimace.

— C'est très bon, dit monsieur Zhang. Il ôta la carapace qui n'était qu'un couvercle posé là pour maintenir au chaud ce qu'elle abritait, à savoir le corps de l'animal. Vous voulez goûter ?

Eugenio fit non de la tête.

— Un goût à mi-chemin entre la viande et le poisson, je dirais. Et une consistance exceptionnelle, très fine. Cela fond littéralement dans la bouche. Tant pis pour vous. Et vos articles ? fit-il soudain. Ils avancent ? Qu'avez-vous visité ?

— Je commencerai dans quelques jours, je crois, répondit Eugenio. Pour l'instant j'observe.

Monsieur Zhang mangeait délicatement, en se tenant très droit, à l'encontre de tous les autres clients, qui plongeaient bruyamment le nez dans leur bol et les mains dans leur assiette. Une question trottait dans la tête d'Eugenio.

— Que vouliez-vous dire tout à l'heure par « je m'y attendais un peu » ? demanda-t-il soudain.

Monsieur Zhang but entièrement sa tasse de thé, et rota discrètement.

— Le temps et l'espace, vous savez... Disons que j'ai eu un pressentiment, comme cela arrive souvent. À vous aussi, j'imagine...

— Parfois, admit Eugenio. Mais en ce moment, je crois que j'en accepterais volontiers quelques-uns, je ne sais pas pourquoi.

— Vous n'en éprouvez aucun parce que vous vous ennuyez, affirma monsieur Zhang.

Eugenio prit cela comme une révélation, un soudain éblouissement. Zhang avait cent fois raison : il s'ennuyait, c'était exactement ça. Depuis qu'il avait quitté la France, il s'ennuyait.

— Lorsqu'on s'ennuie, poursuivait Zhang, on se projette trop loin dans le futur, en espérant qu'il arrive vite, ou trop loin dans le passé, car nous le regrettons. Le pressentiment, lui, est exclusivement lié au présent, mais à un présent un peu étendu. Voyez-vous, continua-t-il en entrecoupant ses phrases de lentes mastications, de la même façon que nous n'occupons pas un point, mais un volume dans l'espace, nous n'occupons peut-être pas qu'un point, mais une certaine *épaisseur* dans le temps. Ce que nous appelons le présent pourrait être constitué de l'instant lui-même, fugitif et insaisissable, ainsi que d'une épaisseur dont il serait le noyau, dans laquelle seraient contenus à la fois le passé et le futur *immédiats*. Vous voyez? Selon cette théorie, ce que nous appelons le présent est un peu plus qu'une simple tête d'épingle dans le grand flot du temps. Nous sommes ainsi faits que nous vivons dans un seul sens du temps, aussi nous avons la conscience très nette de notre passé immédiat et de l'instant présent, mais nous ignorons notre proche futur, qui pourtant est *aussi* notre présent, car il est autant constitutif de nous-mêmes à un moment donné que notre passé immédiat. Vous me suivez?

Eugenio fit oui de la tête.

— Ce flottement entre proche passé et proche futur, continua monsieur Zhang, cette sorte de bulle, est ce dans quoi nous vivons : une épaisseur de l'espace dans une épaisseur du temps. Le pressentiment, c'est avoir brièvement conscience du présent élargi, de notre futur immédiat. Pour en éprouver, il ne faut pas désirer fuir le présent. Il ne faut pas s'ennuyer. Les jeunes gens de ce pays s'ennuient profondément, poursuivit-il, et c'est une très mauvaise chose. L'ennui existentiel d'une génération entière est toujours le prélude à la barbarie. Mais mangez votre poisson, il va refroidir. La sauce est un peu forte, n'est-ce pas ?

Le repas s'était continué agréablement. Monsieur Zhang habitait tout près de l'hôtel, aussi Eugenio et lui rentrèrent ensemble. Il devait le lendemain partir au nord, vers Chengde, pour prononcer une conférence. Il en profiterait pour visiter une nièce et serait de retour quatre jours plus tard, le jour où Eugenio lui aussi rentrerait de son voyage éclair à Xian. Ils convinrent de dîner ensemble ce jour-là.

IX

Je mesure l'art de vivre à la maintenance des pavés dans les rues

À l'Institut, Eugenio n'avait pas appris grand-chose concernant Anne-Laure. L'adresse qu'on lui avait communiquée était tout près, aussi Eugenio s'y était rendu immédiatement. Il s'agissait d'une chambre dans une pension tenue par un petit bon-homme très désagréable qui avait violemment invec-tivé Eugenio lorsqu'il s'était rendu compte qu'il n'était venu que pour visiter les chambres, toutes inconfortables et parfaitement impersonnelles, et qu'il ne lui louerait rien. L'autre adresse dont dis-posait l'Institut était celle de Choisy-Legrand à Mar-seille. Incidemment, Eugenio avait pu obtenir l'adresse de Pietro Savelli, via Fondazza à Bologne.

Le matin avait été radieux. Des milliers d'oiseaux faisaient un raffut de commencement du monde dans les acacias et les saules qui longeaient le rem-part ouest de la Cité Interdite. Eugenio avait aimé flâner dans cette ville dans la ville, relativement déserte ce jour-là. Il s'était un peu perdu dans des labyrinthes de cours intérieures aux rouges et ors délicieusement fanés — à l'inverse des couleurs encore rutilantes des bâtiments principaux qui avaient été restaurés quelques années auparavant pour le film de Bertolucci, *Le Dernier Empereur*, et qui depuis étaient régulièrement repeints. Eugenio avait toujours éprouvé beaucoup plus d'attirance pour les beautés décaties que pour le flambant neuf. Rien ne l'émouvait autant que les palais ou les châteaux parfois en piteux état, mais où l'on sentait encore frémir la vie, tandis que les monuments réservés aux touristes ressemblaient pour la plupart à des photos glacées. Il se souvenait du château de Baynac en Périgord, ou de quelques palais vénitiens et praguois encore habités. Au palais Fronteira à Lisbonne, il avait été bouleversé par un cendrier encore plein des mégots de la veille. Il mettait cela sur le compte d'une nostalgie de vieille Europe, un monde qui selon lui avait disparu vers 1950 (depuis le plan Marshall, disait-il) et agonisait lentement dans quelques lieux privilégiés, au Portugal, en République tchèque et dans certains coins d'Italie. Partout ailleurs, c'était la clinquante et irrémédiable victoire du capitalisme anglo-saxon, l'américanisation écœurante, forcée, des esprits et des mœurs. Je mesure l'art de vivre à la maintenance des pavés dans les rues, avait-il dit à Mariana un soir d'été à Padoue, sur la Place-aux-Herbes où ils flânaient main dans la main. En France, le goudron les a partout ou presque remplacés. C'est donc qu'en Italie, ou au Portugal, on sait mieux vivre. Du reste, avait-il dit aussi quelques jours plus tard à Ravenne dans les ruelles désertes longeant le mausolée de Galla Placidia, on sent les villes italiennes plus aptes à résister à l'américanisation servile et forcenée des autres villes européennes, cela se sent non seulement à la persistance des pavés mais aussi à la nonchalance bruyante des habitants, ou pour certains, plus vieux, à leur courtoisie quasi aristocratique — un certain *maintien* en tout cas, bien loin de l'*avachissement* américain. Eugenio tenait beaucoup à cette idée d'«avachissement», en raison de la «vache» qui s'y trouvait. Il pensait que les pays bovins, Allemagne ou Hollande, étaient plus «américanisables» que les pays ovins, tels l'Italie, l'Espagne ou le Portugal, et qu'il en allait de même pour les régions françaises, le Sud résistant selon lui mieux que le Nord.

L'attirance des jeunes Chinois pour les États-Unis et leur goût apparemment prononcé pour le karaoké étaient peut-être une manifestation plus ou moins passagère de cet avachissement, mais il sentait la Chine infiniment plus solide que l'Europe à cet égard. Cet engouement pour le karaoké, il avait pu le mesurer en se dirigeant vers le sud-est de la ville à l'adresse que lui avait indiquée James Stewart. Les bars se succédaient le long des avenues, leurs enseignes éteintes se répondant d'un trottoir à l'autre. Mi Wang habitait dans une sorte de H.L.M. plutôt propre, à deux pas d'un de ces bars sur la devanture duquel était écrit «open all night».

Il ouvrit la porte en bâillant et s'étirant, manifestement mal réveillé, comme James Stewart la veille. C'est une épidémie, pensa Eugenio. Puis il se dit que la sieste était une activité sans doute très prisée. Lorsqu'il le vit, Mi Wang fronça les sourcils et garda la porte entrebâillée. Il lui adressa en chinois quelques syllabes gutturales appuyées d'un mouvement énergique du menton, puis, devant la moue peu éclairée d'Eugenio, lui demanda en anglais ce qu'il voulait. Eugenio lui tendit le papier que lui avait remis James Stewart. L'autre le lut rapidement et le fit entrer, un peu à contrecœur. Il était plutôt trapu, portait un débardeur blanc qui soulignait une carrure assez remarquable. Il ressemblait à Toshirô Mifune dans *Rashômon* ou *Les Sept Samouraïs* : la même énergie contenue, la même puissance animale, très sexuelle, émanaient de lui.

L'appartement, le studio plutôt, ne devait pas excéder trente mètres carrés. Ils étaient apparemment trois à y vivre, trois jeunes gens d'une vingtaine d'années, ou à peine plus. Mi Wang était le plus âgé, encore que les autres parussent peut-être plus jeunes du fait qu'ils dormaient encore, les joues fraîches et le teint reposé, leur respiration régulière couvrant le bruit monotone et incessant de la rue. Attendrissants comme de petits enfants. Mi Wang tira doucement un rideau entre les dormeurs et eux, puis chuchota à nouveau « Que voulez-vous ? » à Eugenio en le faisant asseoir sur une chaise en formica.

La conversation fut brève, car manifestement Mi Wang cherchait à l'écourter le plus possible, peut-être en raison des dormeurs. Fort heureusement il maniait parfaitement l'anglais. Il avait bien connu Anne-Laure, qui lui avait donné des cours de rock'n' roll et l'accompagnait souvent, avec son ami Pietro, dans le karaoké d'en bas. Il l'avait rencontrée à l'Institut, où il travaillait à l'époque en tant que personnel d'accueil — c'est lui qui s'occupait de répondre au téléphone. Un jour Anne-Laure était repartie à Xian, il ne savait pas pourquoi. Elle connaissait déjà la ville, car elle y avait vécu avant de venir à Pékin. Il ne savait rien de plus.

Un des dormeurs s'était levé. En voyant Eugenio, il se mit à interpeller violemment Mi Wang, qui lui répondit d'un air gêné, la tête baissée, mais l'autre continuait ses invectives qu'il ponctuait de grands gestes. Il criait à présent, et l'autre dormeur avait aussi déboulé devant eux, silencieux et ne comprenant apparemment rien à cet esclandre, refusant en tout cas d'y participer. C'était un gros garçon flasque aux joues rebondies comme des fesses. Il s'était allumé une cigarette, s'était assis et, sans prêter la moindre attention à Eugenio, regardait son ami hurler après son autre ami. Le hurleur était un petit jeune homme maigre et monté sur ressorts, dont la violence hystérique et imprévisible effrayait un peu Eugenio. Mi Wang haussa le ton, et l'autre se tut, à contrecœur. Il alluma aussi une cigarette. Profitant de cette accalmie, Eugenio se leva et fit un geste silencieux pour signifier qu'il allait partir. Le maigrichon marmonna quelque chose entre ses dents, et d'un geste rageur regagna la couche d'où il avait surgi. Le troisième continuait à fumer l'air absent. Mi Wang se leva soudain, ouvrit la porte, grogna quelque chose qui devait signifier au revoir, ou à peu près, et la referma sèchement sur Eugenio.

Devant le karaoké Eugenio fut pris d'un brusque accès de tristesse et de désespoir. Certes les lieux où l'on vit la nuit sont profondément déprimants le jour, toutes lumières éteintes, les chaises sur les tables et leur mauvais goût s'affirmant violemment, mais ce n'était pas tout. Il se demandait pour la première fois avec force ce qu'il faisait si loin de chez lui et de Mariana, à courir après une jeune fille qui peut-être n'avait fait que vivre sa vie sans rien dire à personne. Après tout elle était majeure, et si jamais ce n'était pas une disparition volontaire, l'affaire n'était de toute façon hors de sa portée. Il se sentait inutile et impuissant, soumis à des forces qu'il ne maîtrisait pas, dans un pays hostile et indéchiffrable. Ensuite il se dit que cette sale impression était uniquement due à la prestation du petit maigrichon, et qu'il y avait aussi des hommes comme monsieur Li ou monsieur Zhang, aimables et chaleureux. Avec un peu de chance, le nommé Zhou Yenglin qui l'attendait le lendemain à la demande de Choisy-Legrand serait du même acabit. Il était seize heures. Il lui restait un peu de temps pour aller faire le touriste du côté du Temple du Ciel. Il héla un vélo pousse-pousse et y grimpa en fredonnant intérieurement *Paris s'éveille*.

X

C'est Anne-Laure,
et demain je rentre chez moi

Vous voyez, lui avait dit Choisy-Legrand le soir
même, la stratégie du détour commence à payer. La
première personne que je vous ai indiquée vous a
permis d'en rencontrer deux autres, et vous avez tout
de même pu glaner deux renseignements non
négligeables : Xian et le petit Italien. Monsieur
Zhou vous sera certainement utile aussi, ainsi que
mademoiselle Yi Ping, à Xian. Elle a hébergé Anne-
Laure pendant deux mois l'année dernière, je suis
sûr qu'elle est retournée la voir. Et votre astrophysicien poète, vous l'avez revu ? Il va bien, avait dit
Eugenio, je l'ai vu hier soir, c'est un homme intéressant. Je ne sais pas pourquoi, mais je pense qu'il
pourrait m'aider. Ne vous y fiez pas trop, avait
répliqué Choisy-Legrand, c'est peut-être un homme
très bien, mais je préfère que cette histoire demeure
confidentielle. Pourquoi donc, avait soudain demandé

Eugenio, et puis pourquoi ne pas alerter les autorités compétentes, plutôt que dépêcher un amateur tel que moi, incompétent et maladroit ? J'ai l'impression de pédaler dans la semoule, j'ai hâte de rentrer, tout cela ne me dit rien qui vaille. Vous déprimez un peu, avait rétorqué Choisy-Legrand, allez donc faire un tour au 92 Wangfujin. C'est la plus grande artère commerçante de Pékin, il y a un endroit délicieux où l'on s'appliquera à vous faire oublier vos détresses passagères. D'abord on vous en interdira l'entrée, mais si vous dites que vous venez de la part de Mister Choose, les portes s'ouvriront. Et n'oubliez pas les articles, vous ne m'avez encore rien faxé, je vous paye aussi pour travailler. C'est un bordel ? s'était enquis Eugenio, sur la défensive. Mieux que ça, allez-y voir, et n'oubliez pas mes articles.

Après un dîner constitué de soupe d'algues, de porc un peu sucré et de crevettes frites, le tout accompagné de riz poisseux et de mélodies tyroliennes en l'honneur d'un groupe de dames aux cheveux argentés et de messieurs rigolards, Eugenio avait vite torché et faxé trois articles, un sur la Cité Interdite, un sur la sévère impératrice Qi Xi, et un autre sur le bataillon d'eunuques que l'on achetait enfants aux familles miséreuses, puis il avait écrit un mot à Mariana dans lequel il lui exposait l'ennui qui était le sien si loin d'elle, la théorie de monsieur

Zhang sur la relation entre ennui et absence de pressentiments, une autre théorie, plus ancienne, selon laquelle on ne trimballe jamais que soi-même où que l'on aille, et il lui répétait qu'elle lui manquait et qu'elle prendrait sans doute beaucoup plus de plaisir que lui à rechercher une jeune fille au bout du monde, elle qui aimait la Chine et les mystères. Il lui recommandait aussi de ne pas oublier de changer l'eau de Fabien Barthez une fois par semaine, et d'y vaporiser le produit antichlore, sans quoi les branchies se boucheraient et l'animal finirait par mourir. Il lui répétait qu'il l'aimait, avec un peu plus d'insistance que d'habitude peut-être, car il n'irait pas au 92 Wangfujin, et cette résolution l'avait rendu encore plus amoureux.

Le téléphone sonna. Il était vingt-deux heures. Le réceptionniste lui annonça dans un anglais nasillard qu'une jeune femme désirait le voir. En un éclair, Eugenio pensa : c'est Anne-Laure, et demain je rentre chez moi. Je vous la passe, continua le réceptionniste. Puis une jolie voix grave lui dit, avec un débit lent et saccadé : Bonsoir monsieur, je m'appelle Béatrice. Je suis française. Je travaille dans cet hôtel. J'aimerais vous rencontrer. Pourriez-vous descendre quelques minutes ? Eugenio hésita un peu, puis, ne sachant trop que dire, il bredouilla un Oui bien sûr, car de toute façon il se voyait mal refuser, et surtout, c'était là un de ses problèmes, il ne *savait* pas refuser.

D'ailleurs si je savais refuser, se répétait-il dans l'ascenseur, je ne serais pas là mais tranquillement chez moi en train de déjeuner avec Mariana. Rousseau non plus ne savait pas refuser, se disait-il aussi — comme souvent, le fait de recourir à d'illustres prédécesseurs pour ce qui concernait les petites misères de l'existence en atténuait le désagrément et l'aidait à se sentir moins seul, c'est ainsi qu'il songeait à Montaigne lorsqu'il mangeait trop goulûment, ou à Stendhal lorsqu'il se sentait un peu ballot en société —, je me souviens très bien de ces pages des *Confessions* où j'ai trouvé tant de points communs entre lui et moi, comme aussi son incapacité à répondre spontanément ou avec esprit lors d'une attaque, et même lors d'une simple situation imprévue. Au moment où le ding ding retentit et que la porte s'ouvrit dans un petit bruit de soufflet, tandis qu'il fredonnait sans même s'en rendre compte *Je suis venu te dire que je m'en vais*, il se disait qu'il aurait peut-être dû se méfier un peu plus. Ce remords s'évapora dès qu'il entra dans le bar de l'hôtel et vit une petite rouquine dodue s'avancer vers lui en lui tendant la main. Son visage un peu raide respirait la franchise et l'honnêteté, et Eugenio se trompait rarement sur les visages. Elle avait la peau très blanche et tachetée de son, les cheveux couleur rouille coupés court, et un regard bleu cobalt, ciel foncé sur feuilles mortes, une délicate palette automnale autour du frémissement un peu myope de ses paupières, à peine ombrées.

— Pardonnez-moi si je vous ai dérangé, fit-elle. Je voulais simplement vous contacter. Voilà pourquoi : j'ai vu dans le registre de l'hôtel que vous êtes français et que vous voyagez seul. Je m'occupe ici des groupes qu'envoie une agence de voyages parisienne. Mais je propose aussi aux touristes voyageant seuls de les renseigner, s'ils le désirent, bien sûr, sur les possibilités d'excursions, visites, transferts, ou autres. Je sais qu'ici la langue est un obstacle sérieux. Et les Chinois ne sont pas toujours très coopératifs. J'habite à Pékin depuis quatre ans. Mon nom est Béatrice Alighieri.

Son débit était lent, ses phrases courtes, un peu hachées, sa voix étonnamment basse, très agréable à écouter, avec un léger voile qui formait comme une arrière-voix légèrement rauque et éraillée, un peu semblable au bruit du vent dans les arbres, pensa Eugenio.

— C'est un nom... assez singulier, fit-il en souriant.

Ils s'assirent ensemble devant le comptoir.

— Assez, oui, dit Béatrice d'un air presque désolé. Mon père enseignait la littérature italienne. C'était sans doute un nom prédestiné... Mais ici, personne ne s'est jamais rendu compte de rien. Vous êtes le premier.

— Eh bien, dans ce cas... ça s'arrose, non? dit Eugenio, qui ne savait pas quoi dire.

XI

On en sort léger,
heureux et parfumé

Peut-être était-ce en raison de la belle voix grave, des couleurs d'automne et de la chaleureuse spontanéité de la jeune Française, ou bien était-ce dû au fait qu'Eugenio ce jour-là se sentait un peu vide à l'intérieur, toujours est-il qu'il lui raconta tout, le but de son voyage, les rencontres qu'il avait faites et le désarroi dans lequel il se trouvait. Béatrice avait commencé par lui indiquer quelques lieux et monuments qui valaient la peine d'être visités, puis la conversation s'était un peu enlisée lorsqu'elle s'était aperçue qu'il ne l'écoutait pas vraiment. Elle avait alors expliqué qu'il était tard et qu'elle devait rentrer. Connaissez-vous d'autres Français, avait-il demandé soudain, et, avant qu'elle ne réponde, il avait nommé Anne-Laure de Choisy-Legrand. La jeune fille était restée interdite, visiblement troublée,

79

puis lui avait demandé pourquoi, et Eugenio avait tout raconté.

Le lendemain, longeant les rives silencieuses du grand lac au bord duquel se reflétait le Palais d'Été, parcourant sans les voir les allées ornées de statues grimaçantes et décorées de stucs verdâtres, il évoquait inlassablement les deux possibilités selon lui envisageables. Petit un, Anne-Laure avait disparu de son plein gré, probablement à Xian, et dans ce cas-là mademoiselle Yi Ping lui serait, espérait-il, d'un grand secours, ou bien ailleurs, et Choisy-Legrand n'avait plus qu'à se débrouiller. Petit deux, elle croupissait quelque part dans une prison pékinoise. Béatrice avait longuement hésité avant de lui révéler qu'elle connaissait assez bien Anne-Laure, et surtout Pietro Savelli, que tous deux fréquentaient des groupes de jeunes gens catalogués comme subversifs par la police politique parce qu'ils avaient organisé à plusieurs reprises des concerts de rock dans des entrepôts abandonnés alors que toute manifestation de ce genre était strictement interdite car considérée comme un paravent pour des réunions à visées politiques dont le véritable motif était de lutter contre le régime en place — ce qui n'était d'ailleurs pas tout à fait inexact. Elle savait que Pietro avait regagné l'Italie car son contrat — comme Béatrice il travaillait dans un hôtel pour une agence de voyages — était arrivé à terme. Anne-Laure était partie à Xian quelques jours après. Béatrice ne savait pas si elle y était encore, ni où. Leurs amis communs n'avaient aucune nouvelle non plus. Tous supposaient qu'elle était rentrée en France, mais apparemment la présence d'Eugenio à Pékin indiquait le contraire. Sauf si elle n'a pas averti son père, avait fait remarquer Béatrice. C'était en effet une possibilité.

Incidemment, Eugenio avait demandé à Béatrice si elle connaissait le 92 Wangfujin. Elle avait souri d'un air étonné : On dit qu'on y entre accablé de soucis et qu'on en sort léger, heureux et parfumé. Mais je n'y suis jamais allée. C'est réservé aux hommes.

Eugenio était arrivé à proximité d'un ponton de marbre en forme de bateau. Au loin un grand pont arqué, tout en marbre lui aussi, enjambait le lac. Il n'y avait presque pas de touristes, le silence était impeccable, à peine entrecoupé de quelques bruissements de feuilles et de chants d'oiseaux invisibles, avec cette sérénité supplémentaire que peut procurer le lent balancement d'eaux calmes et scintillantes. Une chaise métallique était comme posée là sur la berge, faisant face au lac, tout près d'un saule. Eugenio trouva cela tout à fait incongru mais il s'y assit, car il était arrivé au lieu du rendez-vous. Il ferma d'abord un peu les yeux, bercé par le rythme monotone des vaguelettes, puis s'attacha à considérer les arabesques des milliers d'insectes qui volaient au ras de la surface de l'eau dans la lumière un peu poudreuse de cette fin d'après-midi.

Soudain il aperçut à l'extrême bord de son champ de vision un homme vêtu d'une robe de soie jaune et bleu, et coiffé d'une longue natte, qui lentement se dirigeait vers la berge du lac. L'homme tourna la tête, lui sourit, lui adressa un signe de la main et dit : Quel beau temps, n'est-ce pas ? Un temps vraiment idéal. Puis il avança dans le lac. Eugenio voulut se lever de sa chaise, mais il n'y parvint pas. Que faites-vous, voulut-il crier, vous allez vous noyer, mais aucun son ne put franchir sa gorge. Lorsqu'il eut de l'eau jusqu'à la taille, l'homme se tourna vers lui et dit en riant : Regardez comme le reflet de la lune est rond. Je vais l'attraper, et je vous le ramène. Il avança en fredonnant un air très triste, qu'il semblait pleurer plus qu'il ne le chantait, et Eugenio pensa à ces instruments aux sons plaintifs dont il ignorait le nom. Puis l'homme se remit à rire car il y avait effectivement au-devant de lui une lune énorme et orangée qui se reflétait sur le lac. Il se dirigeait vers elle à grande vitesse, les bras tendus au-dessus de sa tête. L'eau atteignit très vite le haut de sa poitrine, puis son menton. Il dit quelque chose qu'Eugenio eut du mal à comprendre, quelque chose qui ressemblait à « Wangfujin », puis il toussa. C'est normal, pensa Eugenio, il est en train de prendre froid. Enfin il s'engloutit entièrement dans l'eau sombre du lac, sans cesser de tousser.

Eugenio crut faire un petit bond sur sa chaise et s'éveilla brusquement. Derrière lui le toussotement continuait. Il se retourna et vit un homme rondouillard qui tenait d'une main une chaise métallique identique à la sienne, et lui tendait l'autre en disant : Enchanté, monsieur Tramonti, je suis Zhou Yenglin.

Eugenio épuisa quelques secondes à tenter de reprendre ses esprits. Il cligna rapidement des yeux afin d'expulser les derniers vestiges du sommeil, fit mine de se lever, mais l'autre se précipita : Laissez, laissez, je m'assieds à vos côtés. Et il installa sa chaise face au lac.

— Monsieur Choisy m'a beaucoup parlé de vous, continua-t-il une fois assis, avec un grand sourire. Il paraît que vous êtes écrivain.

Il parlait très vite et faisait oui de la tête à la fin de chaque phrase. Ce détail agaçait un peu Eugenio — qui de toute manière était toujours un peu bougon au réveil.

— Pas du tout, répliqua-t-il. Je suis journaliste, c'est tout. Monsieur Choisy se fait beaucoup d'idées.

— Je comprends, je comprends, dit Zhou Yenglin en hochant la tête encore plus fort. Il faut bien gagner sa vie. Quant à moi, j'enseigne sans grand mérite l'histoire de la peinture européenne, à l'Université. J'ai longtemps habité en France. Je connais bien monsieur Choisy, c'est un homme intègre. Il m'a dit de vous aider, si je le peux. Je suis à votre disposition.

— Connaissez-vous le 92 Wangfujin?

La question était un peu abrupte, Eugenio s'en rendait compte. Ils n'avaient même pas échangé les politesses d'usage, et Choisy-Legrand avait plusieurs fois insisté sur le fait que les Chinois étaient très attachés au respect des conventions.

— Pardonnez-moi, bredouilla-t-il en souriant, je viens à peine de m'éveiller.

Mais l'autre le considérait avec circonspection, et Eugenio se sentit gêné. Enfin, monsieur Zhou eut un petit rire.

— Très bonne adresse, finit-il par dire. Je peux vous y accompagner ce soir, si vous voulez.

Et il répéta :

— Ce soir, très bien.

Puis il y eut un silence. Tous deux contemplaient le lac et les fines ondulations des vagues. Manifestement monsieur Zhou n'entendait pas mener la conversation. Il attendait Eugenio, qui reprenait peu à peu ses esprits.

— Bien, fit-il soudain en calant son dos au dossier de la chaise, voilà ce que je sais : Anne-Laure de Choisy-Legrand suivait des cours de langue et de calligraphie chinoises à l'Institut, comme de nombreux autres étrangers.

Zhou Yenglin approuvait consciencieusement de la tête.

— Elle fréquentait des jeunes gens jugés comme subversifs par la police parce qu'ils organisaient des concerts de rock. Peut-être les véritables visées de ces manifestations étaient-elles politiques, je n'en sais rien. Anne-Laure avait un ami italien du nom de Pietro Savelli. Lui est retourné dans son pays. Anne-Laure a quitté Pékin, apparemment pour Xian. C'est tout ce que je sais pour l'instant. Ont-ils eu des ennuis, sont-ils partis pour cela, est-elle restée à Xian, est-elle rentrée en France sans avertir son père, est-elle revenue à Pékin, et dans ce cas où se trouve-t-elle, personne n'en sait rien. Je pars à Xian demain. Voilà.

Zhou Yenglin inspira profondément. Il y eut un assez long silence.

— Personnellement, je n'aime pas trop le rock'n' roll, dit-il enfin d'un air désolé. Je trouve que c'est une musique qui conduit à l'abandon de soi. Pour moi, la musique est plutôt le chemin d'une conquête intérieure. Partage silencieux et resserrement intime, si vous voyez ce que je veux dire.

Il parlait soudain beaucoup plus lentement.

— Mais je peux comprendre que les jeunes

aiment ça, ajouta-t-il. Ils ont peut-être besoin de s'abandonner un peu, justement.

Il y eut un petit silence. Zhou paraissait perdu dans ses pensées.

— Prenez les jeunes *dagong*, par exemple, continua-t-il.

— Pardon ?

— Les *dagong*. Ce sont des jeunes gens qui ont fui les campagnes pour trouver un emploi dans les villes, en général dans les chantiers de construction, ou bien en tant que domestiques pour ce qui concerne les jeunes filles. Malheureusement, ils se retrouvent toujours très vite au chômage, surtout depuis la crise de l'année dernière. Ils vivent dans des conditions misérables à la périphérie des villes, en général dans des squats assez insalubres. Souvent d'anciens entrepôts, qui d'ailleurs servent aussi à abriter les concerts dont vous parlez. Tout cela est bien triste.

— Vous semblez bien au courant, dit Eugenio.

— Mon fils faisait partie de ces groupes de rock auxquels vous faisiez allusion, dit très rapidement Zhou Yenglin. Il connaissait bien Anne-Laure et son ami. Il connaissait également beaucoup de jeunes *dagong* qu'il aidait à se cacher de la police. Il a passé trois mois en prison. Aujourd'hui il ne s'occupe plus de tout ça.

Zhou Yenglin avait ponctué chacune de ses

phrases par des mouvements de tête, et la dernière par un geste de la main, comme pour signifier que tout cela était bel et bien terminé.

— Je suis désolé, dit Eugenio en examinant le bout de ses chaussures.

À nouveau il y eut un long silence. Des couples d'amoureux passaient derrière eux, contemplaient un peu le lac, puis repartaient plus loin.

— Mais pourquoi les *dagong* se cachent-ils de la police? reprit Eugenio.

— Ici ils sont considérés un peu comme les sans-papiers chez vous, répondit Zhou. Ils sont placés en centres de détention, puis expulsés vers leurs campagnes. Mon fils vous expliquerait cela mieux que moi, mais ce soir il n'est pas libre — et vous partez demain pour Xian, avez-vous dit.

— Je serai de retour après-demain soir.

— Je ne sais pas s'il pourra après-demain, fit Zhou en se levant avec un grand sourire. À présent je dois partir, pardonnez-moi. Vous connaissez Li Po?

Eugenio eut une moue étonnée. Il ne s'attendait pas à voir monsieur Zhou partir aussi vite.

— Uniquement de nom. Un poète, je crois... Je ne suis pas très calé en littérature chinoise, ajouta-t-il comme pour s'excuser.

— Un poète, oui, répondit Zhou Yenglin en hochant vigoureusement la tête. Un des plus grands que la Chine ait connus. Il est mort, dit-on, en tentant de saisir le reflet de la lune dans le Fleuve Jaune un soir qu'il était particulièrement ivre. C'est une légende, bien sûr. Mais je trouve que c'est une métaphore assez puissante, pas vous ? L'insaisissable à portée de main...

Il laissa sa phrase en suspens, s'éloigna un peu, sembla se raviser, et se retourna en souriant.

— Je serai devant votre hôtel à vingt et une heures, fit-il en s'inclinant légèrement. Je vous emmènerai au 92 Wangfujin. Si vous le voulez bien, évidemment.

XII

Confucius
et les toilettes publiques

Vous pensez bien que j'ai vérifié auprès de toutes les compagnies aériennes les noms de tous les ressortissants français ayant quitté la Chine depuis plus d'un an, avait dit Choisy-Legrand entre deux bruyantes bouffées de cigarillo. Ma fille n'y était pas. Elle est encore en Chine, vous dis-je. Dans ce cas-là, la situation est peut-être préoccupante, avait répliqué Eugenio. Vous ne pensez pas qu'il faudrait prévenir l'ambassade? Ne vous emballez pas, avait dit Choisy-Legrand, nous verrons plus tard. Allez d'abord à Xian, mademoiselle Yi Ping vous aiguillera certainement. Si elle possède des renseignements concernant votre fille, avait dit Eugenio, pourquoi ne vous les communique-t-elle pas directement à vous? Parce qu'il faut se méfier du courrier, avait répondu Choisy-Legrand. Ceci est valable quels que soient les pays, mais tout particulièrement en Chine.

Il en va de même pour le fax et le téléphone, d'ailleurs. Rien ne vaut le contact direct, croyez-moi, vous l'avez bien vu avec monsieur Li. Ah, et c'est pour cela que nous, nous conversons par téléphone en nommant monsieur Li et monsieur Zhou, avait dit Eugenio. Écoutez, mon vieux, l'hôtel appartient à un consortium américano-français dont je suis un des actionnaires principaux, et je puis vous affirmer qu'aucune écoute pirate n'y est branchée, mais tout cela ne vous regarde pas, avait répliqué Choisy-Legrand d'un ton définitif, aussi préoccupez-vous uniquement de ma fille et de mes articles. Ceux que vous m'avez envoyés n'étaient pas bien fameux, vous avez piqué ça où? Je n'ai rien piqué du tout, je ne vous ai pas promis de la grande littérature, vous savez bien, avait sèchement répliqué Eugenio, je vous faxe les prochains demain matin, Palais d'Été et Temple du Ciel, Confucius, tout ça. Bon, histoire et culture, c'est très bien, mais parlez *aussi* des gens, des couleurs, des odeurs, que l'on sente bien la Chine d'aujourd'hui, avait dit Choisy-Legrand. Les toilettes publiques, par exemple, vous avez senti les toilettes publiques? Eh bien parlez-en, mon vieux, parlez-en.

Un silence, et puis :

— Béatrice Alighieri, vous dites? Ce n'est pas un peu gros?

— Ne soyez donc pas si méfiant, dit Eugenio. Personne n'est responsable de son nom.

— Bien, je vous fais confiance. Vous n'êtes pas allé au 92 Wangfujin, n'est-ce pas ?

— Pourquoi, j'aurais dû ?

— Peut-être, je ne sais pas. À demain. Et n'oubliez pas : Confucius *et* les toilettes publiques.

Eugenio raccrocha et regarda son réveil en forme de cœur. Vingt heures trente, il lui restait une demi-heure pour écrire à Mariana. L'article serait pour plus tard. Il se mit à rédiger une longue lettre sans ratures dans laquelle il était d'abord question de son ennui — qui, si la théorie de monsieur Zhang était fondée, disparaissait peut-être un peu, puisqu'il avait enfin éprouvé une sorte de pressentiment, ou en tout cas un rêve prémonitoire, Li Po et la lune dans le lac, mais est-ce que les rêves prémonitoires comptaient ? Il était aussi question d'un saule et d'une chaise métallique, d'un bateau de marbre, d'une rouquine au nom bizarre, de jeunes gens désœuvrés, de désordre, d'inquiétude, de rock'n'roll et de karaoké. Il lui enverrait une autre lettre de Xian, avec une carte de l'armée ensevelie, mais elle ne devait pas s'attendre à quelque chose d'exceptionnel, les cartes postales dans ce pays étaient assez redoutables. Il l'embrassait encore et encore, partout et partout.

Il était bientôt vingt et une heures. Il descendit

dans le hall de l'hôtel, fredonnant sans même s'en rendre compte *J'ai encore rêvé d'elle*. Près du bureau de poste, il rencontra Béatrice Alighieri. La même fugace impression de fraîcheur automnale émanait de ses cheveux couleur chaume et ses yeux cobalt. Son parfum était comme un zeste un peu poivré de menthe fraîche et de jasmin. Elle lui demanda s'il avait aimé le Palais d'Été. Il répondit oui, car il ne se voyait pas répondre non, et du reste le Palais d'Été n'était pas foncièrement désagréable. Ensuite elle lui demanda s'il avait pu savoir quelque chose au sujet d'Anne-Laure. Il lui révéla ce qu'il savait, c'est-à-dire qu'elle n'était pas rentrée en France.

— Alors j'espère qu'elle est à Xian, dit Béatrice. Mais pourquoi n'essayez-vous pas de joindre Pietro Savelli ? Il est peut-être au courant.

Eugenio la trouva assez jolie pour une petite rouquine un peu boulotte. Il se dit qu'ils pourraient se tutoyer.

XIII

La vie grégaire
ne lui manquait aucunement

De sombres tentures s'écartèrent et Zhou Yenglin entra le premier. La salle était spacieuse et encombrée. D'épais tapis amortissaient le bruit de leurs pas. Il y avait deux sofas, deux petites tables rondes et vernies couvertes d'objets minuscules, et une multitude d'autres petits meubles, noirs et fins. L'unique fenêtre était intérieure et donnait sur un escalier. Quelques bougies parfumées éclairaient faiblement la pièce. Cela sentait surtout l'encaustique, mais aussi une autre odeur moins aisément définissable quoique tout aussi agréable, quelque chose comme la pomme pourrie, pensa Eugenio. Disposées en étoile autour de la pièce, six alcôves noyées d'ombre ouvraient sur d'autres pièces, invisibles à leurs yeux. Chacune d'elles était flanquée de deux portes en trompe l'œil, ornées de dragons grimaçants. Zhou connaissait les lieux et disparut sous une des alcôves. Une silhouette silencieuse et fugitive vint à sa rencontre et l'entraîna vers une porte dérobée, qui se referma aussitôt.

Un instant demeuré seul dans cette débauche de coins et de recoins, de zones de pénombre et de faible lumière, Eugenio se mit à penser sans trop savoir pourquoi à son trajet aérien entre Paris et Pékin, et au survol de l'immense forêt sibérienne qu'entaillait parfois la courbe argentée d'un grand fleuve. Il avait alors songé à cette famille de vieux-croyants qui avait vécu pendant plusieurs décennies à l'écart du monde des hommes. Tandis qu'une odeur sure de fruits blets se répandait dans la pièce où il s'était installé confortablement à présent, sans trop savoir à quoi s'attendre mais persuadé que rien de désagréable ne pouvait advenir, il se souvint de cette autre histoire, plus récente, qu'il avait lue dans le journal, celle d'un homme qui depuis presque vingt ans vivait absolument seul au cœur d'une forêt, dans une hutte étroite, sans aucun contact avec le monde extérieur, hormis une radio (l'article ne précisait pas où il se procurait les piles). Cela se passait en France. Il ne s'agissait pas d'un homme redevenu sauvage, disait le journaliste : il était toujours rasé de frais, habillé «proprement». La vie grégaire ne lui manquait aucunement. Il ne s'ennuyait pas, vivait selon le rythme des jours et des nuits, des saisons. En lisant cet article, Eugenio avait trouvé

94

extrêmement rassurant qu'une telle chose fût encore possible aujourd'hui. Non pas l'oubli dans lequel cet homme avait été tenu — les hommes et la société oublient facilement —, mais le fait de pouvoir vivre ainsi de nos jours : dans cette absolue solitude — cette élection, s'était-il dit. Pourquoi, au cœur d'une fourmilière humaine telle que Pékin, pensait-il à cela, la solitude absolue, les vieux-croyants, le type dans sa hutte? Sans doute en raison d'un sentiment assez vif d'égarement et de solitude, pensa-t-il. Ou bien autre chose : le voyage en avion parce que j'ai hâte du retour, ou encore parce que je pars à Xian demain, le fleuve sibérien parce qu'à ce moment-là Zhang Hiangyun me parlait et que cette statuette en face lui ressemble un peu avec son sourire plissé, peut-on jamais savoir le cheminement des pensées?

Sur une table qui se trouvait juste devant lui il remarqua une petite boîte entrouverte. Il y avait à l'intérieur un minuscule papier plié, qu'il saisit et déplia, en pensant qu'il s'agissait sans doute d'une de ces devinettes ou maximes qu'affectionnent les Orientaux. Il y était écrit, en anglais : *Un petit sac ne peut contenir un grand objet. Une corde trop courte n'atteint pas le fond du puits. Chaque chose a sa propre valeur.* Il replia le papier et le déposa dans la boîte. À cet instant un rideau se souleva, et d'une des alcôves surgit une longue jeune fille aux yeux immenses et au sourire de porcelaine, agréablement moulée dans une robe écarlate. Bonsoir monsieur Tramonti, dit-elle dans un anglais chantant, je m'appelle Violette et je suis à votre disposition. Voulez-vous vous allonger d'abord et fumer un peu?

XIV

*Il y avait d'autres sortes
de jeux*

Dans l'avion qui l'emmenait à Xian, Eugenio feuilletait un petit opuscule concernant Qin Shi Huangdi, cet empereur mythique qui avait fait bâtir la Grande Muraille, unifié le pays, la monnaie, les systèmes de poids et mesures, s'était fait construire un gigantesque tombeau dont le tumulus central n'était toujours pas découvert, et dans lequel lors de ses funérailles avaient été enterrées vivantes ses milliers de concubines. C'est une partie de ce tombeau qui avait été exhumée par hasard en 1974, lorsque la bêche de deux paysans avait déterré quelques morceaux de soldats en terre cuite. Au-dessous du champ était ensevelie depuis deux mille trois cents ans l'armée de Qin Shi Huangdi, des milliers de guerriers d'argile un peu plus grands que nature, tous différents, équipés et coiffés, prêts à marcher au combat, accompagnés de chars et de chevaux. Bien sûr tout cela était en miettes, et il s'agissait d'un gigantesque puzzle que patiemment les archéologues reconstituaient depuis un quart de siècle. Il y avait bien là matière à un article pour *La Voix du Sud*.

Il laissa tomber le magazine, jeta à travers le hublot un œil sur la mer de nuages qui s'étendait sous l'appareil, et se plongea dans la lecture qu'il avait entamée l'avant-veille, après sa première rencontre avec Béatrice Alighieri. Il avait toujours eu avec les livres un rapport intime et presque amoureux, très possessif en tout cas, ne les prêtant qu'avec mauvaise grâce, et supportant mal de ne pas avoir chez lui un livre qu'il aimait — ce qui l'avait quelquefois conduit à omettre volontairement d'en rendre certains. Il aimait aussi jouer avec eux. Parfois il comptait le nombre exact de pages de texte, le divisait par deux, se reportait à la page correspondante, et y choisissait, de préférence vers le milieu, une phrase quelconque, qui souvent se trouvait être particulièrement emblématique du livre. En examinant plus attentivement l'ensemble, il s'avérait parfois que le livre entier s'organisait *autour* de cette page ou de cette phrase, que tout s'y répondait de part en part, à égale distance du centre. Il était ainsi parvenu à établir une sorte de structure concentrique, qui bien entendu était volontaire dans bien des cas, par exemple chez Rabelais, où une telle structure prévalait pour l'ensemble des livres, mais peut-être involontaire chez d'autres auteurs, dont rien ne laissait envisager qu'ils fussent très soucieux de symétrie cachée. Il y avait d'autres sortes de jeux, celui par exemple qui consistait à ouvrir le livre au hasard. La phrase ainsi révélée pouvait alors lui apparaître comme un message incompréhensible — ce qui d'ailleurs en accentuait l'aspect quelque peu ésotérique, conforme en cela à la vieille tradition des sorts virgiliens, où à l'aide de dés une pareille méthode était utilisée en guise de divination avec le support des *Églogues*.

Le livre qu'il tenait entre ses mains était une édition Pléiade de *La Guerre et la Paix*, que lui avait offerte Mariana. Il l'ouvrit au hasard. Le passage se situait un peu plus loin que l'exacte moitié du livre, dans la deuxième partie du livre troisième. Il y était question d'un vieil homme au sujet duquel Tolstoï écrivait : « L'intelligence, qui a tendance à grouper les faits pour en tirer les conséquences, était remplacée chez lui par la simple capacité de contempler les événements en toute sérénité. » Et, plus loin : « Il comprend qu'il existe quelque chose de plus fort, de plus puissant que sa volonté personnelle, à savoir le cours inéluctable des événements ; il a le don de les voir, d'en saisir l'importance, et sait en conséquence faire abstraction de sa propre volonté, la diriger, pour ne point intervenir, vers un autre objet. » Eugenio se trouva tout près de croire en la véracité des sorts virgiliens, tolstoïens en l'occurrence, car cela lui rappelait très précisément une partie de la conversation qu'il avait eue la veille au soir.

— Il y a quelque chose qui m'échappe, avait-il dit au sortir du 92 Wangfujin.

Zhou Yenglin avait eu un petit sourire aimable.

— Voyez-vous, monsieur Tramonti, avait-il dit en appuyant ses phrases de brefs hochements de tête, je dirais qu'il vous faut devenir *poreux*. Non, non, je ne plaisante pas. Vous n'êtes pas assez... neutre, disons. C'est peut-être pour cela que beaucoup vous échappe. Laissez les choses vous traverser.

Ils marchaient tous les deux sur Chang'an envahie presque autant qu'en plein jour de vélos et de sonnettes tintinnabulantes. Parfois un klaxon rauque en dispersait certains, une grosse masse noire filait, puis le flot reprenait son cours placide.

— Je crois bien que c'est Francis Bacon, continua Zhou, qui a dit ceci : «La peinture ne saisira le mystère de la réalité que si le peintre ne sait pas comment s'y prendre.» C'est assez remarquable pour un Occidental.

Eugenio eut une moue dubitative.

— On m'a dit à peu près la même chose au sujet du vol des pigeons voyageurs, marmonna-t-il.

— Vous voyez bien, fit monsieur Zhou en souriant.

Puis, sans transition et très rapidement :

— Violette est tout à fait exquise, n'est-ce pas ? Et je sais qu'elle connaît beaucoup de monde. Peut-être avez-vous pu apprendre quelque chose sur le jeune Savelli ?

— C'est cela qui m'échappe, dit Eugenio. Je ne lui ai rien demandé, elle m'en a parlé spontanément. Comment l'expliquez-vous ?

— Mon fils connaît aussi cet endroit, dit Zhou Yenglin sans regarder Eugenio. Nous nous y sommes même croisés une fois, par hasard, ajouta-t-il. Cela ne vous choque pas, j'espère ?

Eugenio eut un hochement de tête silencieux. Il comprit qu'il ne rencontrerait pas le fils de monsieur Zhou. Il ne savait pas si la question concernait le fait que Zhou et son fils s'étaient rencontrés en ce lieu, ou bien le fait que le fils de Zhou avait utilisé Violette comme intermédiaire.

— Pas vraiment, fit-il.

— Voyez-vous, continua Zhou Yenglin, ce sont des lieux privés, hérités d'une époque officiellement révolue, mais toujours présente dans ce que l'on pourrait appeler une mémoire « sociale », ou « de comportement ». En y pénétrant on met de côté tout ce qui fait que la vie peut parfois être pesante, ingrate. Avec un peu de chance on l'oublie même en repartant. On peut se contenter de parler — ce qui se produit assez rarement, il faut bien l'avouer, fit-il avec un petit rire de gorge —, on peut ne rien dire et fumer seul sur sa couche, dîner seul ou en compagnie, on peut faire l'amour, ou tout cela à la fois. Tous les sens sont convoqués. Tout, dans les ombres et les silences, les odeurs et les contacts, est calculé pour apaiser le corps et l'esprit, sur la base d'une saine sensualité. La discrétion est reine. Des secrets terribles ont transité par ces lieux, et n'ont jamais été divulgués. Les filles ne sont connues que sous des pseudonymes. Dans le temps, c'étaient des noms de fleurs ou de pierres précieuses. Aujourd'hui, ce sont souvent des prénoms américains ou français, selon la nationalité du client — mais les Chinois ont toujours droit aux fleurs et aux pierres. Pour les Français, Violette fait partie des deux catégories, n'est-ce pas? À la fois fleur et prénom.

Ils étaient arrivés devant l'hôtel. N'hésitez pas à me contacter si le besoin s'en fait sentir, dit Zhou Yenglin. Et bon séjour à Xian. Ils se saluèrent et Eugenio entra. De la salle de restaurant lui parvenait, légèrement assourdie, la rumeur de l'orchestre qui maltraitait imperturbablement *La Bohème*, dans l'indifférence générale.

XV

*Des senteurs de girofle
et d'orange*

Mademoiselle Yi Ping était une jeune femme grande et particulièrement myope, si l'on en jugeait à l'épaisseur considérable de ses verres de lunettes, légèrement prognathe, très mince, qui portait une robe à fleurs, et dont les seins étaient remarquablement développés pour une Chinoise. Sans doute une ancêtre tibétaine, pensa Eugenio, qui avait lu quelque part que les Tibétaines avaient des poitrines parfois très fournies, ce qui était source de nombreux fantasmes chez les mâles chinois. Elle était guide touristique de formation, et c'est à la manière à la fois impersonnelle et polie d'une guide qu'elle accompagna Eugenio. Ils commencèrent par se rendre à l'hôtel, où elle attendit en feuilletant une revue féminine du style *Femme actuelle* qu'Eugenio prît possession de sa chambre, puis elle le conduisit sur les fouilles où se trouvait l'armée ensevelie. À

103

l'arrivée du taxi, quelques mendiants, pour la plupart très jeunes, se ruèrent sur eux. Yi Ping les chassa comme une volée de moineaux en les invectivant sur un ton assez rude. Mais un vieillard refusa de filer et se mit à crier violemment en les menaçant tous deux du poing. Eugenio eut un mouvement de recul lorsqu'il se tourna vers lui. Son crâne était défoncé, avec en son milieu une brusque déclivité à angle droit qui repartait horizontalement vers le bas de la tempe, ce qui pouvait laisser supposer qu'il ne possédait en tout et pour tout qu'un seul hémisphère de son cerveau. Yi Ping continua à lui parler très rudement, s'avança vers lui, lui glissa dans la main un billet si vieux et si usé qu'il semblait un petit carré de chiffon, et le vieillard s'éloigna en maugréant.

— Pauvre vieux, dit Eugenio. Que lui est-il arrivé?

— Il n'est pas vieux, répondit Yi Ping. Il a moins de trente ans. Une sorte de maladie l'a fait vieillir très vite. Il avait été embauché sur un chantier de construction, et un sac de briques lui est tombé sur le crâne. Il n'a plus pu travailler.

Eugenio le regardait s'éloigner en claudiquant vers un car de touristes.

— Il y a beaucoup d'infirmes dans les campagnes, vous savez, dit Yi Ping, encore qu'ici il ne s'agisse pas de la campagne profonde, loin s'en faut. Cependant les conditions dans lesquelles vivent ces gens vous étonneraient. Nous irons voir si vous voulez. Ce sont des habitats troglodytes, sans eau ni électricité, de petites grottes creusées dans la roche et munies d'une seule ouverture. Des villages entiers, peuplés de chèvres et de poules, d'enfants non scolarisés, de vieillards miséreux et d'adultes sans activité, puisqu'ils étaient pour la plupart paysans, et que toute la région est interdite à l'exploitation en raison de l'armée ensevelie et des fouilles qui ne sont toujours pas achevées, et dont on ne sait pas jusqu'où elles s'étendront.

Le faux vieux invectivait à présent tout un groupe de Japonais qui le photographiaient.

— Au nom de la culture, on ne peut plus rien cultiver, en somme, fit Eugenio. Mais son jeu de mots tomba à plat, et Yi Ping ne le releva pas.

Plus tard ils déjeunèrent de toutes sortes de ravioli en parlant un peu des guerriers d'argile et beaucoup de Paris, où Yi Ping s'était rendue une fois, et espérait bien retourner un jour car elle aimait beaucoup, disait-elle, la mode et les parfums français. Il y avait entre eux de longues plages de silence, qui ne semblaient pas gêner Yi Ping, apparemment plus portée sur la rêverie silencieuse que sur la discussion à tout prix. Cela convenait d'ailleurs fort bien à Eugenio, qui se disait néanmoins qu'il allait bien falloir tôt ou tard parler d'Anne-Laure. L'après-midi ils marchèrent autour de la Pagode de l'Oie Sauvage et dans la vieille ville de Xian, encerclée de murailles épaisses et gigantesques. La journée était délicieuse. Une brise légère transportait des senteurs de girofle et d'orange. Il semblait à Eugenio que les gens dans les rues souriaient sans raison. Puis l'obscurité gagna rapidement les ruelles étroites, et des milliers de lampions s'allumèrent les uns après les autres aux devantures des vieilles maisons. Cela créait des perspectives faussées, d'étranges jeux d'ombres et de lumières, des lueurs fantomatiques où des arrière-cours prenaient soudain l'aspect de places magistrales dont on n'aurait deviné qu'un carré minuscule, tandis que l'ombre de certaines ruelles révélait en les grandissant et les multipliant comme dans un miroir les illuminations des autres.

Eugenio regagna son hôtel, où Yi Ping et lui dîneraient plus tard. Il avait à écrire à Mariana, rédiger un ou deux articles, et attendre le coup de téléphone de Choisy-Legrand. Il se sentait léger et satisfait. Il pensa à Zhou Yenglin, et se dit qu'il avait eu pendant cette journée le sentiment d'avoir été particulièrement poreux.

XVI

*Toute décision
n'est que le résultat
d'un malentendu*

Ce que j'aime en toi, lui avait dit Mariana un peu avant son départ, c'est ton manque total d'énergie. La plupart des femmes sont à la recherche d'hommes entreprenants, sans faille apparente, des décisionnaires efficaces, qui, sans être forcément brillants, savent immédiatement choisir entre deux voies — des types *rassurants*, en somme. Ce genre d'hommes me barbe. Toi, tu n'es pas du tout rassurant. Tu n'affirmes rien haut et fort, tu renvoies à tous l'image de ta propre indécision — et de la leur, tout aussi fondamentale. Tu me fais penser au curé de Bernanos, ou au prince Mychkine. D'abord, comme eux tu es bon. Ensuite, tu n'agis pas vraiment, mais ta passivité a quelque chose de solide et de lumineux qui bouleverse littéralement, et modifie en profondeur ceux qui t'approchent. Quoi qu'on te demande, tu ne sais pas refuser, peut-être parce que refuser c'est éliminer définitivement tout un éventail de possibles. Tu tergiverses, tu hésites toujours entre deux plats ou deux films, et cela peut être agaçant, mais au bout du compte ton indécision n'est qu'une forme de lucidité : cela a si peu d'importance après tout, toute décision n'est que le résultat d'un malentendu, aussi, de la même façon que refuser t'est difficile, tu te demandes sans doute à quoi bon choisir de façon arbitraire et brutale, éliminer à jamais l'autre partie de l'alternative. Tu es l'eau dormante quand d'autres sont des torrents qui emportent et dévastent tout. Mais je crois que la puissance transformante des eaux calmes agit plus en profondeur que celle des flots impétueux, même si elle est moins immédiatement visible. Tu te laisses porter par les événements plus que tu n'agis sur eux. Cela horripile la plupart des gens, et des femmes en particulier. Mais moi, j'aime.

C'était la plus belle déclaration d'amour qu'Eugenio eût jamais reçue. Il se disait bien sûr que Mariana exagérait, mais lorsque ce soir-là dans sa chambre d'hôtel, tout en fredonnant sans trop y penser *Sur la route de Memphis*, il se remémorait les propos de Zhou Yenglin la veille, il se disait que le portrait délicatement flatteur que Mariana avait tracé de lui pouvait correspondre, dans son insistance à faire de ses défauts des qualités, à celui auquel Zhou lui conseillait de ressembler. En somme, concluait-il, il lui fallait se diriger vers celui qu'il était déjà.

Alors, lui avait demandé Choisy-Legrand quelques minutes plus tôt, vous avez aimé l'armée ensevelie? La question agaçait un peu Eugenio. Il avait envie de répondre qu'il n'aimait pas les armées, ensevelies ou non. Mais il s'était raclé la gorge et avait bafouillé : Oui, oui, ce n'est pas mal... Il y a... beaucoup de soldats. Eugenio avait cru entendre un petit bruit de gorge, un rire peut-être, à l'autre bout du fil. Modérez votre enthousiasme, mon vieux, avait dit Choisy-Legrand. Et manifestez-en un peu plus dans vos articles, avait-il ajouté d'un ton à la fois ferme et suppliant. Ils sont mornes, on dirait des entrées de dictionnaire. Eugenio s'était demandé pourquoi depuis quelque temps Choisy-Legrand s'obstinait à l'appeler «mon vieux». Cette fausse familiarité un peu agaçante, s'était-il dit. Due au téléphone, sans doute. Il avait eu envie de répondre «J'essaie d'être le plus neutre possible», mais n'avait pu que bredouiller : Je ne sais pas... c'est peut-être que ce n'est pas dans ma nature. Bon, aucune importance, avait coupé Choisy-Legrand, et notre affaire? Eugenio lui avait raconté sa journée banale et touristique à Xian, et l'absence totale d'Anne-Laure dans les propos de Yi Ping. Comme avec Zhou Yenglin, c'était sans doute à lui d'engager la conversation, certainement ce soir lors du dîner.

J'espère bien, avait dit Choisy-Legrand. Eugenio l'avait entendu aspirer et recracher bruyamment une bouffée de son cigarillo. C'est tout? avait-il ensuite demandé. Alors Eugenio lui avait brièvement raconté sa soirée au 92 Wangfujin. À sa grande surprise, Choisy-Legrand n'avait posé aucune question, même indirecte, sur d'éventuelles délices prodiguées à cette adresse. Hongwei ne pouvait pas vous rencontrer, s'était-il contenté de dire, il est devenu méfiant, il a dû penser que ce pouvait être dangereux pour lui, et même pour vous. Qui donc? avait demandé Eugenio. Zhou Hongwei, le fils de Zhou Yenglin, avait dit Choisy-Legrand. Mais ce que vous a dit cette Violette m'étonne un peu. Pourquoi Savelli serait-il à nouveau en Chine, si son contrat n'a pas été reconduit? Eugenio n'avait rien répondu. Cette Violette, vous l'avez bien interrogée, non? avait repris Choisy-Legrand. Elle ne vous a rien dit de plus? Rien de plus, avait dit Eugenio. Ni l'endroit où le joindre? Rien de plus, avait répété Eugenio.

Après avoir rapidement esquissé un projet d'article sur l'armée ensevelie et les villages troglodytes, Eugenio se mit à penser à nouveau à cette conversation qu'il avait eue avec Mariana un peu avant son départ. Les propos de Mariana sur l'irrésolution fondamentale d'Eugenio étaient consécutifs à une discussion, la millième peut-être, relative à la décision d'Eugenio de ne plus écrire. Ce n'est pas si important de décider quelque chose d'*absolument* irrévocable, lui avait-elle dit. Et elle avait fait cette apologie de l'indécision et de l'apparente absence d'énergie, qui s'était transformée en véritable déclaration d'amour. Vraiment, lui avait-elle dit ensuite, je ne comprends pas ta décision. D'accord, ce sont des textes inessentiels et promis à l'oubli, comme tous les autres. Mais premièrement, pas *plus* que tous les autres, et deuxièmement, ça ne suffit pas, avait-elle ajouté d'un ton définitif. Il lui avait répondu que c'était peut-être parce qu'il avait toujours besoin de savoir que les choses avaient une fin, que, où qu'il se trouve et quoi qu'il fasse, il lui fallait toujours entrevoir la porte de sortie, la possibilité de s'échapper, sans quoi il se sentait prisonnier. Il n'y avait peut-être que dans ce cas de figure là qu'il était capable de prendre une décision. Je ne peux rien entreprendre si je n'ai pas dans le même temps l'assurance que je peux en sortir n'importe quand, avait-il expliqué. C'est pourquoi je n'entreprends pas grand-chose. Il me faut pouvoir fuir très vite, en somme. Et il avait ajouté : Ce n'est pas ce que Deleuze et Guattari appelaient des *lignes de fuite*? Peut-être, avait dit Mariana — mais si je me souviens bien, c'est au sujet de Kafka que tu avais lu ça, non? Et pour lui la littérature elle-même était une ligne de fuite. Si toi, tu la supprimes, c'est que tu n'as plus rien à fuir. Il y avait eu un silence et un échange de regards intenses. Tu crois que c'est possible, ça ? avait-elle demandé en souriant. Je n'en sais rien, avait soupiré Eugenio. Je me trompe peut-être, après tout. Mais vraiment, ce n'est pas très grave, je t'assure, je ne suis pas Kafka, ce ne sera pas une grosse perte. Mariana avait levé les yeux au ciel. Bon sang, Eugenio, on s'en fout, que la perte soit grosse ou pas. Et d'abord tu n'en sais rien. C'est idiot, voilà tout.

Eugenio tournait entre ses doigts le paquet de dix cartes postales de l'armée ensevelie — on ne les vendait que par dix — qu'il avait acheté près des fouilles. Il y en avait une ou deux de correctes, quoique vraiment très fines, presque autant que du papier à lettres. L'usage de l'enveloppe était obligatoire, sans quoi elles arriveraient froissées. Il en choisit une pour Mariana, qui représentait un guerrier agenouillé en posture de guet. Il voulait aussi lui écrire une lettre dans laquelle il serait question de vieillards précoces et de guerriers aux coiffures savantes, de chevaux d'argile et de champs incultivables, de ravioli et de lampions, mais mademoiselle Yi Ping était sans doute en train d'attendre au restaurant. Eugenio remit la lettre à plus tard et quitta sa chambre. Dans l'ascenseur il y avait une aquarelle assez kitsch représentant une belle jeune fille en habit traditionnel, et en face le dessin plus ou moins stylisé d'un labyrinthe. Eugenio appuya sur le bouton en pensant à Violette moulée dans sa robe écarlate et en se demandant quelle pouvait être la ligne de fuite d'un labyrinthe.

XVII

Il pensa soudain que cela pouvait être du serpent

Un serveur vêtu de blanc fit son entrée et posa sur la table quatre plats fumants et deux bols de riz. Le contenu des plats était indéfinissable, c'étaient des mets très parfumés qu'Eugenio n'avait pas voulu choisir, laissant ce soin à Yi Ping. L'un d'eux consistait en un bouillon terne et un peu gras dans lequel flottaient quelques petits bouts d'os à peine enveloppés d'une chair filandreuse. Eugenio voulut demander à Yi Ping de quoi il s'agissait, mais il pensa soudain que cela pouvait être du serpent, et préféra ne rien demander. Il versa la bière dans son verre, le thé dans la tasse de Yi Ping. Elle le remercia du regard, mêla au riz quelques morceaux de viande, haussa le bol vers sa bouche et se mit à manger goulûment, cisaillant l'air à grands coups de baguettes. Le repas se déroula dans un silence à peine entrecoupé de bruits de langue et de déglutition. Quelques haut-parleurs diffusaient sourdement des mélodies lancinantes, plaintives, des refrains sirupeux, quelques tubes sans doute, miaulés plus que chantés sur fond de synthétiseurs aigus. Yi Ping n'était apparemment pas gênée par l'absence de conversation entre eux, elle pouvait passer très tranquillement d'un échange assez fourni au silence complet, c'est pour cela qu'Eugenio la trouvait sympathique et même presque attirante avec son air rêveur, en dépit d'un visage plutôt ingrat.

Lorsqu'ils s'étaient installés à table, quelques minutes auparavant, Eugenio avait décidé de lui parler immédiatement d'Anne-Laure, et lui avait demandé, comme si cela allait de soi, quand elle l'avait vue pour la dernière fois ; elle avait souri et répondu, comme si cela allait de soi, qu'Anne-Laure avait quitté Xian depuis un mois environ, et qu'elle n'avait plus eu de nouvelles depuis. Yi Ping ne connaissait pas Pietro Savelli, mais elle savait qu'il était l'ami d'Anne-Laure et qu'il avait eu quelques soucis à Pékin, elle ignorait précisément lesquels, ou ne voulait pas en parler. Eugenio avait évoqué les concerts de rock clandestins, qui sans doute donnaient lieu à des réunions politiques interdites et sanctionnées comme telles, et Yi Ping n'avait ni démenti, ni approuvé, ni indiqué qu'elle savait quelque chose à ce sujet. Elle s'était bornée à indiquer à Eugenio ce qu'il savait déjà, c'est-à-dire que

Savelli était retourné en Italie et qu'Anne-Laure était venue à Xian chez elle. Elle y était restée un mois. Elle n'avait rencontré personne, sauf un jour le cousin de Yi Ping, un écrivain pékinois nommé Jia Shensheng qui était en visite chez elle avec sa femme, et ils avaient beaucoup parlé ensemble. Peu de temps après, Anne-Laure était retournée à Pékin.

Ensuite le serveur était arrivé, ils s'étaient tus et avaient dîné en silence.

— Un écrivain, fit Eugenio plus tard. Quel genre d'écrivain ?

Yi Ping parut embarrassée.

— Comment dire... Plutôt du *jingwei* que du *jingpai*, si vous voulez.

Eugenio cligna un peu des yeux, chercha sur le mur quelque chose où accrocher son regard, glissa sur une pagode tout à fait conventionnelle, et alluma une cigarette. Il lui semblait qu'une sorte de torpeur ouatée envahissait tout, surtout depuis le verre d'alcool de riz qu'il avait bu à la fin du repas. Sans doute s'accordait-il mal avec la bière, plus légère et traîtresse.

— Il va falloir m'éclairer un peu, dit-il en souriant.

— C'est difficile à expliquer, dit Yi Ping. Ces termes sont plutôt vagues, et il est assez délicat d'en tenter une définition — d'autant plus que ce n'est pas vraiment ma spécialité. En vérité je lis très peu, avoua-t-elle avec un petit sourire gêné.

Elle sembla hésiter.

— Disons qu'il y a en Chine, et surtout à Pékin, deux sortes de littérature, fit-elle brusquement — d'un air très *appliqué*, pensa Eugenio, comme un étudiant lors d'un oral. La littérature dite du *jingpai*, et celle dite du *jingwei*. Pour autant que je sache, le cadre de la littérature du *jingpai* est souvent un cadre rural ou champêtre, et rarement urbain. S'il s'agit de Pékin, alors ce sera le Pékin traditionnel, lettré et humaniste, un peu mythique, pour tout dire. C'est une littérature assez désengagée politiquement, qui considère que le changement ne peut venir que par l'éducation, et pas par l'action.

— Plutôt taoïste, en somme, fit Eugenio, qui se souvenait de quelques leçons prodiguées par Mariana.

— Je ne sais pas, dit Yi Ping en souriant. Le cadre de la littérature du *jingwei* en revanche, poursuivit-elle, est forcément Pékin, mais le Pékin concret, quotidien et populaire. Le dialecte du petit peuple pékinois y est très présent. Il s'agit d'une littérature beaucoup plus engagée.

— Plus confucianiste? hasarda Eugenio.

Yi Ping le fixa, ses yeux démesurément agrandis par la loupe de ses lunettes. À nouveau elle sourit, presque timidement.

— Je ne sais pas, répéta-t-elle. Pardonnez-moi, je ne connais pas très bien ces notions. En ce qui concerne Jia Shensheng, continua-t-elle à mi-voix, il appartient plutôt, je crois, à la littérature du *jingwei*. Il fait partie de ces auteurs assez engagés mais suffisamment prudents pour n'avoir jamais été sérieusement inquiétés. Un de ses romans lui a quand même valu quelques ennuis avec la censure, fit-elle sur un ton de confidence. C'était il y a cinq ans.

— Vous l'avez lu?

— Non, je n'ai lu aucun de ses livres, fit Yi Ping d'un air confus. Je ne sais pas s'il le sait. J'ai un peu honte, c'est tout de même mon cousin. Mais il paraît qu'ils sont très bien, ajouta-t-elle avec un grand sourire.

Le repas était terminé depuis longtemps. Ils décidèrent de sortir quelques minutes pour prendre le frais. Il y avait une très légère brise, aussi légère qu'une haleine de nouveau-né, pensa Eugenio, un souffle minuscule qui passait lentement ses doigts tièdes dans leurs cheveux. Des concerts de grillons emplissaient l'air de la nuit, embaumé de senteurs délicieuses et parfois aussi, très fugitivement, un peu putrides. Yi Ping tendit à Eugenio une main molle et lui souhaita bonne chance. Elle lui remit un papier avec l'adresse de Jia Shensheng. Peut-être pourra-t-il vous renseigner, dit-elle, on ne sait jamais. Et tenez-moi au courant pour Anne-Laure. Elle est un peu comme ma petite sœur.

Eugenio termina ses articles, en esquissa un autre sur la littérature du *jingwei* et la littérature du *jing-pai*, qu'il approfondirait une fois arrivé à Pékin. Puis il écrivit à Mariana, et se coucha très tard en ressassant muettement *Ce n'est rien.* Cette nuit-là il rêva qu'une femme était lapidée sur la place publique et que lui, Eugenio, tentait d'intervenir sans pouvoir bouger un seul de ses membres, car il était paralysé sur une chaise roulante. Un petit rire se fit entendre derrière lui, il se retourna et vit, qui poussait la chaise vers un précipice affreux, le visage suant et grimaçant de Choisy-Legrand.

XVIII

Un assemblage arbitraire de chuintantes un peu grossières

Eugenio avait employé la matinée à achever et corriger ses articles, qu'il avait ensuite faxés à Choisy-Legrand. En retrouvant la chambre impersonnelle et propre de son hôtel sur Chang'an, il avait été surpris d'éprouver quelque chose comme une satisfaction diffuse, un sentiment rassurant de retour au bercail. Rien pourtant dans cette chambre ne signalait particulièrement sa présence, n'importe qui d'autre aurait pu y séjourner, cela n'aurait fait aucune différence. Les reproductions sur le mur tendu de moquette beige étaient aussi incroyablement kitsch que partout ailleurs, avec leurs couleurs trop vives et leurs sujets à ne pouvoir faire s'attendrir que quelques mémés légèrement séniles. Les sachets de thé (deux de thé vert, deux de thé noir) étaient comme dans toutes les autres chambres disposés en éventail dans un cendrier transparent, lui-même posé sur un plateau argenté où se trouvaient également deux grandes tasses en verre et, rempli d'eau bouillante par le personnel d'étage, le thermos de deux litres. Eugenio était particulièrement soigneux et ne laissait rien traîner sur le lit ou les fauteuils, aussi la chambre était-elle vierge de tout signe extérieur pouvant signaler trop ostensiblement sa présence. Bien entendu il laissait dans la salle de bains sa trousse de toilette, et sa valise dans l'entrée, sans oublier la photo de Mariana sur le bureau, mais pour le reste, la chambre était totalement neutre, impersonnelle, semblable à n'importe quelle autre. Pourtant, Eugenio avait aimé s'y retrouver comme chez lui lorsqu'il y était revenu après sa nuit d'absence.

Vers midi le téléphone sonna. Eugenio était en train de comparer la photographie d'Anne-Laure et celle de Mariana, se disant qu'elles ne se ressemblaient pas vraiment — Mariana était moins ronde de visage, ses cheveux étaient plus longs et ses yeux étaient clairs —, mais qu'il y avait dans leurs regards la même intensité un peu douloureuse, aisément perceptible sous le masque du sourire. C'était Béatrice Alighieri. Puis-je monter vous voir? demanda-t-elle. Eugenio bredouilla Oui bien sûr, voulut ranger sa chambre mais il n'y avait rien à ranger hormis quelques feuilles volantes sur le bureau, qu'il disposa en paquet bien serré.

— J'ai à vous parler, fit Béatrice avec un sourire gêné. Eugenio et elle étaient assis face à face de part et d'autre de la petite table ronde où se trouvait le thermos, juste devant la grande baie qui donnait sur l'avenue et son flot incessant de vélos. Le thé fumait dans les deux tasses. Elle l'avait choisi vert, lui noir. Eugenio avait du mal à nommer ce qu'il y avait d'attirant en elle, peut-être le timbre un peu éraillé de sa voix, ou son parfum légèrement poivré, ou la fraîcheur automnale de son visage, ou bien le tout ensemble, qui lorsqu'elle était à ses côtés lui faisait songer à quelque chose d'à la fois vif et frais, comme une brise dans une forêt que le soir embrase.

— C'est au sujet d'Anne-Laure et de Pietro, continua-t-elle.

Eugenio la regarda attentivement et l'encouragea d'un signe de tête.

— Eh bien... Je vous ai dit qu'ils organisaient des concerts de rock avec des groupes d'étudiants, ainsi que de jeunes clandestins venus des campagnes et n'ayant pas trouvé d'emploi à Pékin.

— Oui, les *dagong*, fit Eugenio.

— Vous savez ça ? s'étonna-t-elle.

Eugenio eut un signe de la main qui signifiait que cela n'avait pas d'importance.

— Bon, continua-t-elle, il n'y avait pas que des concerts. Il y avait aussi des réunions plus... politiques, disons. Encore plus interdites, évidemment.

Anne-Laure et Pietro s'impliquaient beaucoup dans ce combat-là — le combat des idées, si on veut. Quelquefois la police débarquait, dispersait tout le monde non sans violence, en embarquait certains. Elle les gardait quelques jours puis les relâchait. Ou les expulsait vers leurs campagnes si c'étaient des *dagong*. Puis tout rentrait dans l'ordre, jusqu'à la réunion suivante. Ce n'était jamais vraiment *très* grave — pour autant que je sache, bien sûr. Peut-être quelques étudiants ont-ils été emprisonnés un temps. Je n'en sais rien. En ce qui me concerne, j'étais un peu à l'écart. J'en ai surtout entendu parler. Anne-Laure et Pietro, eux, n'ont jamais été arrêtés. Cela je le sais. Mais je sais aussi qu'il y a un peu plus de deux mois, ils ont participé à quelque chose de plus... dangereux, disons.

Elle but une gorgée de thé.

— Il faut savoir, continua-t-elle, que depuis plus d'un an, la situation sociale se dégrade vraiment dans plusieurs régions de Chine, notamment autour de Pékin. C'est dans le Nord-Est qu'il y a le plus de paysans sans emploi qui descendent vers les villes. Pékin les attire en masse. Les campagnes sont de plus en plus pauvres et les impôts toujours plus élevés. Il y a des manifestations, parfois même des attentats. Il y a eu dans une petite ville à cinquante kilomètres d'ici une manifestation qui a rassemblé cinq mille personnes contre les impôts et la corruption des hommes politiques. C'était après le suicide d'un paysan placé en détention parce qu'il ne pouvait pas payer ses taxes. La manifestation a dégénéré. Il y a eu des morts et des blessés. Les meneurs ont été arrêtés. Ils attendent leur jugement. Ils risquent entre cinq et dix ans de prison. Anne-Laure et Pietro y étaient. Ils n'ont pas été arrêtés. Mais ils ont peut-être été vus, ou photographiés. Leurs visages reconnus. On repère vite les Occidentaux, vous savez... Je ne suis sûre de rien. Mais je me dis qu'aujourd'hui la police les recherche peut-être, et que c'est pour cela qu'ils ont fui.

Eugenio se leva et alluma une cigarette. Il commençait à avoir faim.

— Pourquoi me dites-vous cela maintenant? fit-il.

— J'ai confiance en vous, fit Béatrice très naturellement. Dans ce pays on passe son temps à se méfier de tout et de rien. Il n'y a aucune spontanéité. Vous savez, la franchise et l'authenticité ne sont des vertus qu'en Occident, pas ici. C'est un pays de masques. On respecte d'abord les conventions, les apparences. On joue le rôle qui est le sien, mais pas plus. On ne se dévoile pas. Alors, depuis quatre ans, ajouta-t-elle en souriant, ça a pu un peu déteindre sur moi.

— Vous savez que Savelli et Anne-Laure sont de retour à Pékin? dit Eugenio.

Ils allèrent déjeuner dans un minuscule restaurant un peu crasseux pas très loin de l'hôtel. Le menu n'était écrit qu'en chinois. Tables et chaises étaient en formica grisâtre, les bols un peu douteux, le patron franchement sale. On leur servit des crevettes marinées, une viande qui pouvait être du porc, un bouillon d'herbes et un récipient de riz gluant. Une petite serveuse très jeune, peut-être la fille du patron, insista pour leur offrir quelques poèmes. Installée de façon très studieuse à une table non loin de la leur, elle en écrivit trois : un pour lui, un pour elle, un pour les deux. Elle les leur tendit en rougissant puis s'éclipsa dans la cuisine. Il s'agissait selon Béatrice de jolies chansons d'amour un peu enfantines, sans doute entendues à la radio.

Béatrice ne voulait pas croire que Pietro Savelli ait pu revenir à Pékin, même sous un faux nom. Il a toujours été un peu inconscient, avait-elle dit, mais pas à ce point. Elle ne savait rien sur Anne-Laure, avait juste légèrement haussé les épaules et dit qu'à présent son père devrait prévenir l'ambassade.

Pendant le repas, Béatrice lui parla un peu de sa vie avant la Chine, et Eugenio de lui et de Mariana, des articles qu'il avait à rédiger et de sa décision de ne plus écrire. Quelque chose, non vraiment d'intime, mais de chaleureux passait entre eux. Eugenio aimait beaucoup sa belle voix grave et son regard cobalt.

— Pourquoi avoir arrêté? lui demanda Béatrice.
Il hésita et répondit :

— Je crois que cela m'est soudain apparu complètement inutile, et que j'ai décidé de renoncer. Même si ça peut paraître pompeux, ou grandiloquent, disons que j'ai renoncé à *raconter le monde*.

Béatrice eut un air interrogateur.

— Oui, reprit-il, c'est pour cela qu'on écrit, non? Pour raconter le monde, non tel qu'il est, peut-être, mais au moins tel qu'on le voit. Pour *montrer* quelque chose. Alors, d'une part mon petit monde privé ne me semble pas assez intéressant, d'autre part je ne me sens pas capable de m'attaquer à plus grand. Et surtout je me demande si aujourd'hui on peut encore raconter le monde avec des histoires. Vous connaissez Thomas Bernhard? Il disait quelque chose comme « Dès que derrière la colline de la prose je vois se dresser une histoire, je l'abats impitoyablement ».

— Mais pourquoi ce qui était possible avant ne le serait-il plus aujourd'hui? demanda Béatrice.

Eugenio hésita un peu.

— Je crois qu'avant, le monde était plus lisible. Aujourd'hui c'est différent. Les histoires ne suffisent plus. Il me semble.

Béatrice semblait réfléchir. Elle tourna la tête et contempla pendant quelques secondes la vitrine sale du restaurant, derrière laquelle s'écoulait un flot ininterrompu de vélos.

— Je ne suis pas d'accord, fit-elle simplement. Il me semble que pour donner à voir, il faut montrer quelque chose.

À nouveau, Eugenio hésita.

— Quoi qu'il en soit, dit-il, il y a beaucoup trop de livres inessentiels, ça suffit comme ça.

Il plongea le nez dans son bol de riz.

— À vrai dire, je cherche.

Il se répéta pour lui-même Je cherche, je cherche, jusqu'à ce que les deux mots perdent leur signification et ne soient plus qu'un assemblage arbitraire de chuintantes un peu grossières.

XIX

Unité ignorée
dans la fourmilière humaine

Mariana cara, mon amour

Il faut croire que je ne m'ennuie plus vraiment, puisque j'ai enfin un pressentiment, et même deux. Les voici. Le premier, c'est que je sens que je vais repartir sans avoir retrouvé mademoiselle Choisy-Legrand. Le second, c'est que je pense qu'elle est dans d'assez sales draps. Elle se cache sans doute quelque part Mariana, mon amour, lorsque j'ai envie de me faire du bien je repense à ce que tu me disais avant mon départ, cette irrésolution que je ne nie pas et que tu idéalises un peu, cette « objectivité totale », comme disait Cioran. Si j'en crois ce que l'on m'a dit ici, c'est précisément le comportement qu'il me faut adopter pour espérer avoir une chance de retrouver la jeune fille. Tout n'est pas perdu, donc. On m'a même recommandé d'être « poreux ». Je me méfie vraiment de toutes ces métaphores. Elles ont

un côté pittoresque qui me gêne un peu. Comme tu sais,
je me méfie du pittoresque (les gens « pittoresques » ne
m'inspirent aucunement confiance). Je crois que c'est
quelque chose qu'il faut gommer, effacer. Pour ma part
j'ai un projet : devenir totalement apathique, comme
les gens qui n'ont plus rien. (« Si votre corps est sem-
blable à une branche d'arbre desséchée, si votre esprit
est pareil à de la cendre éteinte, comment pourriez-vous
être atteint par une catastrophe ? » m'a dit monsieur
Zhang tout à l'heure.) Et j'en ai même un autre, qui
est une entorse autorisée au premier : c'est de te serrer
bientôt contre moi, t'embrasser encore et encore, par-
tout et partout. Ton Eugenio.

Il avait passé l'après-midi à flâner dans les rues,
sans attendre plus qu'une moisson de bruits et
d'odeurs. Il avait dépassé Tian'anmen, arpenté les
ruelles du côté de Qianmen, s'était un peu perdu
dans les quartiers du Sud, était tombé par hasard sur
un grand marché aux oiseaux où il avait failli acheter sans trop savoir pourquoi une espèce de cacatoès
aux yeux fous. Dans les rues commerçantes, il s'était
laissé bousculer par la masse dense et indifférente de
la foule qui coulait très vite autour de lui sans
paraître s'aviser de sa présence. Il avait été surpris
par le fait qu'on l'avait souvent heurté assez violemment de l'épaule sans même qu'un mouvement de
tête vînt signifier un début de commencement d'ex-

cuse. Autour de lui les hommes rotaient et crachaient sans retenue, presque sur ses pieds. Il se disait que ce n'était là qu'un type de comportement, à tout prendre ni pire ni meilleur que le sien dans d'autres domaines. Néanmoins cela lui faisait penser à un poème de Pessoa où il était question d'« unité ignorée dans la fourmilière humaine », et le renforçait dans son sentiment, peut-être passager, qu'il n'était rien, ne serait jamais rien et ne pouvait vouloir être rien. Mais, pensait-il, comme dit aussi Pessoa dans la suite du poème, cela mis à part, est-ce qu'au moins je porte en moi tous les rêves du monde ? Il ne savait pas répondre.

Tout l'après-midi il avait marché, s'aventurant parfois dans d'étroites ruelles où le brouhaha monotone de la rue disparaissait soudain, comme absorbé par d'autres bruits plus familiers et domestiques, des sortes de glapissements enfantins, des discours monocordes que diffusaient radios ou télés, des soupes mélodiques au rythme occidental portées par des voix de vierges éplorées. Vers dix-huit heures, ayant quitté les grandes avenues encombrées de vélos et de véhicules poussifs, il avait dans un quartier plus populaire croisé des dizaines d'enfants en uniformes bleu et noir qui rentraient de l'école, courant et se bousculant sur les pavés entre lesquels jaillissaient parfois des touffes d'herbe folle. C'était aussi l'heure de sortie des bureaux et des usines, et des hordes d'ouvriers à casquettes Mao, de femmes pressées et d'hommes cravatés avançaient à contre-courant de sa marche. Tous lui jetaient de rapides coups d'œil, pas vraiment intrigués mais presque hostiles, comme si sa présence dans ce quartier était pour eux une énorme incongruité. Il se disait que si l'indifférence des passants à son égard n'était plus de mise ici, c'était peut-être parce qu'il ne s'agissait plus de rues commerçantes mais de quartiers d'habitation populaire, où les Occidentaux s'aventuraient peu du fait qu'il n'y avait « rien à voir », expression imbécile prisée chez les touristes et les tour-opérateurs, signifiant surtout qu'il n'y avait rien à acheter ni à photographier.

Au-dessus des toits des petites maisons à un étage se dressaient, sans doute assez loin, les silhouettes déchiquetées d'immeubles en construction sur quoi semblaient veiller, disposées tout autour, d'immenses grues métalliques aux allures d'insectes tueurs. Le peu qu'il avait vu de Pékin et de Xian lui faisait l'effet d'ensembles urbains en perpétuel chantier, en mouvement incessant. La périphérie de Pékin se modifie de mois en mois, lui avait dit Béatrice, sans parler de Shanghai, qui se développe encore plus. Et c'est la même chose dans toutes les villes. Eugenio avait lu souvent que le siècle à venir serait chinois, quand celui finissant avait été américano-soviétique, et le précédent franco-anglais.

Comme beaucoup il se disait que le XXᵉ siècle n'aurait duré que quatre-vingts ans : il avait commencé en 1914 avec la crise des Balkans et s'était achevé récemment avec une autre crise, au même endroit. Entre les deux, du bruit et de la fureur, du sang, des larmes et des meurtres planifiés par millions. Le soubresaut de la Première Guerre mondiale en avait été l'enfantement, l'agonie en avait été signalée par l'effondrement de la Russie, les massacres quotidiens en Algérie, le génocide rwandais, les guerres ethniques menées par les Serbes, le désastre tchétchène et, en guise d'apothéose grotesque, comme un pétomane viendrait montrer son cul en riant sur un champ de cadavres, par le procès médiatique, planétaire et puritain de l'«affaire» américaine en cette fin de siècle. Le XXIᵉ débute ces jours-ci, se disait Eugenio perdu dans la foule pékinoise. Bon débarras.

Près de lui, alors que l'obscurité commençait à croître, une enfant de neuf ou dix ans essayait en vain de faire fonctionner un téléphone de rue, un appareil rouge vif datant sans doute des années cinquante, simplement posé sur une étagère de bois fixée à un poteau et relié aux fils qui couraient tout là-haut par un câble un peu lâche. Inlassablement la petite recomposait le numéro, attendait, raccrochait et recommençait. Elle se sentit observée et tourna la tête. Elle avait des yeux si étirés qu'on eût pu les croire artificiellement bridés. Son regard était grave et profond, comme trop âgé pour elle. Eugenio lui sourit, et instantanément elle lui rendit son sourire. Son visage sembla soudain métamorphosé, beaucoup plus conforme à la petite fille qu'elle était. Ses dents étaient blanches et très régulières, ses joues rondes creusées de deux fossettes. Ils se regardèrent quelques secondes. Enfin Eugenio reprit sa marche et lui fit un signe de la main, qu'elle lui rendit. Joyeux millénaire, lui dit-il. Il commençait à faire très sombre.

XX

Les Bee Gees gémissaient
en sourdine

Eugenio et Zhang Hiangyun s'étaient d'abord retrouvés à la réception de l'hôtel, où Zhang attendait depuis plus d'une demi-heure en raison de la flânerie prolongée d'Eugenio, qui avait mis assez longtemps à se dépêtrer de l'amas de ruelles obscures dans lesquelles il s'était volontairement égaré, puis rejoindre de plus larges artères où il lui avait été possible de trouver un pousse-pousse que conduisait un vieillard édenté en habit Mao, bleu de travail et casquette de chauffe. Le vieux peinait considérablement tandis qu'il pédalait, et cela avait provoqué chez Eugenio le sentiment diffus de culpabilité qu'éprouve ordinairement l'Occidental bien nourri devant les conditions de vie des enfants et des vieillards partout ailleurs qu'en Occident. Arrivé à l'hôtel, Eugenio s'était fendu d'un très large pourboire que le vieux avait empoché sans un regard ni un sourire. Eugenio en avait d'abord été un peu vexé, puis s'était aussitôt senti ridicule et presque honteux, trouvant cette réaction spontanée trop conforme à l'image dix-neuviémiste du bon et généreux colon acclamé par les indigènes reconnaissants. Pourquoi pas des génuflexions aussi, s'était-il demandé en entrant dans le hall de l'hôtel, cherchant en vain les paroles de la deuxième strophe de *J'attendrai*, qu'il fredonnait intérieurement depuis quelques minutes.

Ils avaient été dîner dans un restaurant que connaissait Zhang, dans les quartiers du Nord. Eugenio avait commencé par éluder un peu les questions très conventionnelles qui lui étaient posées sur son travail, ses articles, ses impressions sur la Chine, puis il avait écouté Zhang Hiangyun lui parler de Chengde où il s'était rendu, une ville petite et montagnarde, peu polluée, baignée d'une lumière plus limpide que Pékin — une lumière plus *coupante*, avait dit Zhang Hiangyun, qui ouvrait davantage le regard. Pendant que Zhang opposait à la transparence de Chengde l'opacité diffuse de Pékin, Eugenio se disait qu'il ne risquait pas grand-chose à lui révéler le véritable motif de sa présence en Chine, et que cela pouvait même l'aider. Aussi, un peu avant la fin du repas, il lui avait tout raconté en détail. Il me semble de plus en plus que cette affaire me dépasse, avait dit Eugenio pour terminer, je ne puis rien décider qui pourrait m'être un secours. Il me semble que je n'agis pas sur les événements, mais que je suis agi par eux.

Ils avaient ensuite quitté le restaurant, et regagné l'hôtel d'Eugenio, où ils s'étaient installés au bar, dans d'épais fauteuils en moleskine sombre. Des volutes de tabac brun s'enroulaient autour d'eux, dans un tiède brouhaha de disco et de mélodies américaines des années quatre-vingt.

— Le problème, dit Zhang Hiangyun, est peut-être que tout vous parvient indirectement. Il vous faudrait pouvoir atteindre à l'expérience directe. Il n'y a que l'expérience qui rende une décision possible.

— Justement, c'est très chinois, paraît-il, dit Eugenio en souriant. Et puis de toute façon, quelle expérience directe ? Je suis tributaire des adresses qu'on me donne. Je rebondis d'un lieu à l'autre, voilà.

Zhang parut réfléchir quelques secondes. Il alluma une cigarette, recracha la fumée en tournant la tête, et se pencha vers Eugenio.

— Personne ne vous a donné la mienne, fit-il avec un sourire. Ni celle de mademoiselle Alighieri. Peut-être sommes-nous elle et moi les chemins de traverse qu'il vous faut emprunter. Peut-être sommes-nous une partie de cette expérience directe qui vous fait défaut.

Eugenio recula et s'enfonça dans son fauteuil.

— Vous parlez en mystères, fit-il, un peu agacé. Je crois que je ne suis pas équipé pour ce genre d'excursions.

Un serveur vêtu de grenat se dirigea vers eux. Eugenio commanda une vodka et Zhang un cognac.

— L'important n'est pas tant de savoir si vous allez ou non retrouver la jeune fille, reprit Zhang, mais si la jeune fille est ou non retrouvable. Un philosophe a utilisé une page pour démontrer que l'Univers avait un commencement dans le temps, et qu'il était limité dans l'espace. Sur la page opposée, il a démontré de façon aussi logique l'inverse, c'est-à-dire que l'Univers était infini dans le temps et l'espace. Il a conclu en disant que les deux raisonnements étaient aussi logiques et convaincants l'un que l'autre, mais qu'étant donné qu'il n'y avait pas d'expériences possibles, on ne pouvait pas trancher entre les deux. Autant dire, continua Zhang Hiangyun, que le but n'est pas de se prononcer en faveur d'un parti ou d'un autre, d'avoir une opinion arrêtée sur un objet quelconque, mais bien de rechercher si cet objet même — un univers entier, ou une jeune fille — existe réellement. S'il ne serait pas par hasard une pure illusion.

Le garçon apporta les verres. Eugenio ôta les glaçons du sien. En France, il se méfiait beaucoup de ces théories fumeuses sur l'absence de réalité du monde et l'illusion du moi, qu'il considérait comme des niaiseries new-age, du bouddhisme de pacotille. Ici pourtant, les mêmes propos avaient pour lui une autre résonance. C'est qu'il estimait fort différents le bouddhisme des lettrés orientaux et celui qui en Occident croissait plutôt avec l'illettrisme — un bouddhisme vague, très diffus, qui ne témoignait que du rejet d'un modèle de civilisation. Lui aussi rejetait en bloc le discours mercantiliste et publicitaire de la civilisation américano-marchande, mais il s'irritait souvent de cet engouement fin-de-siècle pour les supposées sagesses orientales. Il savait très bien que l'ignorance superstitieuse et crasse des moinillons bouddhistes n'avait d'égale que celle de leurs homologues chrétiens.

— Le philosophe en question est occidental, continua Zhang en souriant, il s'agit d'Emmanuel Kant. Mais bien des penseurs de chez nous sont arrivés aux mêmes conclusions.

Ils burent un peu tandis que les Bee Gees gémissaient en sourdine. Un faisceau léger mais agaçant de lumière stroboscopique se mit à éclairer bizarrement les masses de fumée qui refluaient de la salle au comptoir et à décomposer les gestes des clients, pour la plupart des hommes d'affaires de Singapour ou de Taïwan en costumes sombres, légèrement débraillés comme il sied aux hommes d'affaires après vingt-trois heures.

— Bien entendu, vous êtes absolument certain que la fille que vous cherchez existe réellement ? fit soudain Zhang avec un regard appuyé.

Eugenio détourna les yeux et sourit. Il voulut répondre Oui, bien sûr, mais il admit qu'il ne pouvait pas l'affirmer de façon définitive.

— Tout semble l'indiquer, se contenta-t-il de dire.

Pendant que Zhang vidait son verre, Eugenio balaya la salle du regard. Il n'y avait que les serveurs, un couple de Chinois, un touriste isolé, trois jeunes gens rigolards et les hommes d'affaires à présent décravatés. La fumée enveloppait tout d'un halo blanchâtre.

XXI

Personne ou presque ne s'émeut
du sort réservé à un écrivain

— Écoutez, dit Eugenio, je crois qu'il faut que vous vous inquiétiez un peu plus, et que vous préveniez l'ambassade. Votre fille et son petit camarade organisaient des concerts interdits, fréquentaient des groupes d'étudiants et de jeunes chômeurs dont les visées étaient certainement politiques, et pour couronner le tout ils ont participé à une manifestation où il y a eu des morts et des blessés, tout cela dans un climat social qui est loin d'être particulièrement paisible. Alors je pense qu'il faudrait peut-être s'affoler.

Choisy-Legrand respirait bruyamment. Eugenio l'imaginait emplissant entièrement son fauteuil, débordant même un peu sur les côtés, et tirant de larges et profondes bouffées de son cigarillo. Derrière lui, les baies vitrées qui donnaient sur les îles devant lesquelles passait peut-être un paquebot de la

S.N.C.M. Et puis le soleil, la mer qui scintillait, la lumière du Sud.

— C'est vous qui êtes en Chine, et c'est moi qui vais vous rappeler un vieux proverbe chinois : garde l'œil sur le sillon, et ignore l'herbe folle.

Arrêtez, voulut dire Eugenio, j'ai eu mon lot de métaphores, merci, mais Choisy-Legrand continuait :

— Même si Anne-Laure a participé à tout ça avec son ami, rien ne dit qu'ils aient été sérieusement inquiétés. Peut-être interrogés, pas plus. Savelli est rentré en Italie parce que son contrat avec son agence était arrivé à terme, m'avez-vous dit, et pas pour fuir le pays. Anne-Laure est allée à Xian, d'accord, et elle a appris à Yi Ping que Savelli avait eu quelques soucis. Mais si elle avait vraiment été recherchée par la police, on l'aurait retrouvée même à Xian, n'en doutez pas.

— Vous n'êtes pas vraiment du genre inquiet, n'est-ce pas ?

— Je ne suis pas du genre qui s'affole sans raison, fit Choisy-Legrand d'un ton sec. Ma fille et moi avons eu des relations parfois difficiles et tumultueuses. Elle peut très bien s'être tue volontairement, s'être coupée de moi, sans que rien de grave ne lui soit arrivé. Je ne vais pas prévenir l'ambassade pour autant. Mais si je n'étais pas inquiet, je ne vous aurais pas dépêché à l'autre bout du monde pour savoir ce qu'il en est.

Eugenio n'avait pas répondu. Après tout, Choisy-Legrand n'avait peut-être pas tort. Il pouvait l'entendre tirer nerveusement sur son cigarillo. Il l'imaginait auréolé d'une épaisse fumée.

— Vos articles de Xian n'étaient pas mal, enchaîna-t-il — presque littéraires, je dirais. Je crois quand même que je vais sucrer celui sur les deux littératures. Un peu compliqué, et sans grand intérêt pour nos lecteurs.

Zhang Hiangyun avait conseillé à Eugenio de ne pas parler tout de suite à Choisy-Legrand de Jia Shensheng. Cela ne sert à rien, avait-il dit. De toute façon vous ne le verrez pas, il a été arrêté il y a quatre jours. Vous le connaissez donc? avait demandé Eugenio. Pas personnellement, avait dit Zhang, mais cela ne change rien à l'affaire. Il va être relâché bientôt, j'en suis sûr, avait-il très vite poursuivi, je sais qu'il a de nombreux appuis. Moins on parlera de son affaire dans l'immédiat, plus vite il sortira, croyez-moi. Il faut laisser une chance à la possibilité de libération rapide. Si des journalistes, surtout étrangers, interviennent, le pouvoir sera dans l'obligation de ne pas perdre la face, et la libération sera retardée, peut-être pour longtemps. Si la situation se prolonge, alors il sera temps d'agir au mieux — par exemple en transmettant les informations en France. Mais vous, vous serez déjà reparti, n'est-ce pas?

Le dernier livre de Jia Shensheng, *Le Printemps*,

avait fait l'effet d'une petite bombe. Il avait été aussitôt saisi, retiré de la vente, et Jia Shensheng arrêté alors qu'il regagnait son domicile, le soir même où Eugenio et Zhang Hiangyun s'étaient rencontrés par hasard dans le restaurant sichuanais. Le livre racontait sans complaisance les journées du printemps 89 à travers la destinée d'un *dagong* simple et travailleur, sans grande conscience politique, qui à la suite de diverses péripéties était amené à participer de façon très active au mouvement révolutionnaire que le pouvoir avait si durement réprimé. Zhang Hiangyun avait dit ne pas comprendre comment Jia Shensheng, d'ordinaire si fin et si discret, qui semblait jouer de façon suprêmement habile avec la censure, donnant même parfois l'impression de la narguer, lui qui avait toujours réussi à dénoncer les abus du pouvoir de façon si métaphorique qu'il avait été jusqu'alors difficile de l'inquiéter, avait pu soudain écrire un tel brûlot dont les qualités littéraires étaient certes aussi remarquables, sinon plus, que celles de ses autres livres, mais dont la véhémence était si tonitruante et les partis pris politiques si transparents que la saisie du livre et l'emprisonnement de son auteur en étaient presque une conséquence logique.

À vous entendre, avait dit Eugenio, il s'agit d'un livre de poids, l'affaire a dû avoir du retentissement. N'en croyez rien, avait rétorqué Zhang. Ici, personne ou presque ne s'émeut du sort réservé à un écrivain. Personne ou presque ne le connaît, d'ailleurs. Le tout est que l'affaire ne déborde pas trop vite, pour ne pas effaroucher les autorités. En ce moment il y a comme un vent de conciliation de la part du gouvernement, il faut tenter d'en profiter. Aussi, pendant un temps, il vaut mieux ne pas trop en parler, vraiment.

Après la conversation avec Choisy-Legrand, Eugenio se coucha, lut quelques pages de *La Guerre et la Paix*, participa un peu, mais à peine, à la bataille d'Austerlitz et s'endormit très rapidement, comme exténué par sa flânerie de l'après-midi, ses doutes, ses interrogations concernant Anne-Laure, et les effets conjoints de la bière et de la vodka. Juste avant de s'endormir il éprouva brièvement la satisfaction d'avoir retrouvé la deuxième strophe de *J'attendrai*, celle où il est question de nid et d'oubli, puis il rêva que Mariana avançait à cheval sur un chemin de montagne tandis que lui marchait à pied à côté d'elle. Ils foulaient ensemble des tapis moelleux de feuilles mortes, un peu pourries, et devaient accéder à un plateau gigantesque et invisible. L'air était pailleté de brume. Il avait les larmes aux yeux et ne savait pas pourquoi.

XXII

Tout est mystérieux,
infini et triste

Il avait fait inhabituellement frais ce matin-là,
quelques traces de rosée perlaient encore sur les
mufles gris des lions de pierre et les yeux courrou-
cés des tortues et des chameaux, adoucissaient le hié-
ratisme massif des dignitaires Ming penchés de part
et d'autre de l'allée d'acacias, en atténuaient un peu
la raideur — les vulnérabilisaient, presque. Cela
aurait pu faire une très belle carte postale. Béatrice
avait insisté pour emmener Eugenio visiter les tombeaux Ming, arguant du fait qu'elle avait un groupe
d'à peine sept personnes à y accompagner, que cela
ne serait donc pas trop gênant pour eux ni pour
Eugenio, et que les tombeaux faisaient partie de ces
visites quasi obligatoires dont il pourrait rendre
compte dans un article à venir. Elle avait entendu
parler de l'arrestation de Jia Shensheng, qu'elle ne
connaissait d'ailleurs pas. Comme Zhang Hiang-

yun, elle supposait qu'il allait être libéré bientôt, et qu'il valait mieux ne pas trop faire de vagues autour de cette affaire. Drôle de pays, tout de même, avait dit Eugenio. Drôle de manière d'envisager l'action. Béatrice lui avait répondu que lorsqu'elle était arrivée elle avait voulu elle aussi calquer à toute force sur ce pays les idées occidentales en matière de relations entre les individus, et entre l'État et les individus, et qu'elle avait été convaincue que c'était un combat perdu d'avance. Par la suite elle s'était dit qu'il s'agissait peut-être d'un *mauvais* combat. Comment ça, avait dit Eugenio, les droits de l'homme ne peuvent pas être un mauvais combat — et disant cela il lui semblait à la fois exprimer une vérité et répéter malgré lui une opinion communément admise et non discutable, une sorte de cliché indestructible, une icône. C'est vrai, lui avait répondu Béatrice, mais je vais vous dire deux choses. La première est que ce sont essentiellement les États-Unis qui sermonnent sans cesse la Chine sur les droits de l'homme. Eux qui ont toujours soutenu et financé les pires dictatures sud-américaines. Qui ont fait assassiner Allende. Eux chez qui les droits de l'homme ne sont pas ceux de l'homme noir et pauvre. Eux, le seul pays au monde où l'on exécute encore des jeunes gens pour des délits commis lorsqu'ils étaient mineurs. Bon, cela agace fortement les Chinois. La deuxième, même si ce n'est peut-être pas un argument recevable, c'est qu'il y a depuis toujours en Chine une conception très spécifique du rapport entre l'individu et la société. Mais si je dis que c'est un mauvais combat, c'est parce que je pense qu'il est inutile de persuader les Chinois que leur façon millénaire de voir le monde est erronée, et que la nôtre est la seule valable. Ils s'y rangeront tôt ou tard, et ce sera par eux-mêmes. En douceur ou par la force de l'opinion publique, mais *par euxmêmes*. Car le modèle occidental, capitaliste, marchand, déboule au grand galop, devient de plus en plus prégnant et entraînera inéluctablement l'émergence d'une société capitaliste, ou quasi capitaliste. C'est-à-dire apparemment respectueuse des droits de l'homme — enfin, de l'homme riche... Reste à prouver que ce sera un mieux.

C'est un discours que ne désavoueraient pas certains cadres du P.C., avait dit Eugenio. Béatrice avait souri et dit : Peut-être. Je ne pensais pas ainsi en arrivant ici. Anne-Laure et Pietro ne pensent pas ainsi non plus. Ils croient en l'action politique concertée. J'y croyais aussi. Aujourd'hui je pense qu'on n'agit que très peu sur les événements, et jamais de la manière qu'on croit.

Voilà quelque chose qu'aurait pu dire Mariana, pensa Eugenio.

Le soleil était plus haut à présent, et les statues semblaient plus massives, comme livrées à une colère millénaire et silencieuse qui faisait bouillonner leur sang de pierre, rouler des yeux et froncer des sourcils toujours si humains qu'ils laissaient supposer que les corps d'animaux ainsi représentés n'étaient que des geôles de granit qui abritaient autant d'âmes damnées en souffrance éternelle, surveillées par d'autres statues, humaines celles-là, aux regards plus paisibles, presque bienveillants.

Vers midi ils rentrèrent à l'hôtel. Béatrice et lui se séparèrent, car elle devait déjeuner avec un groupe qu'elle accompagnerait ensuite au Temple du Ciel. Ils ne s'étaient toujours pas tutoyés, et c'était très bien ainsi. Il lui semblait que Béatrice représentait non un danger, il ne fallait rien exagérer, mais un piège assez doux dans lequel il lui serait facile de se laisser tomber. Nous pouvons tout sur nos idées, qui ne sont rien, se dit-il, et rien sur nos émotions, qui sont tout. Elle se dirigea vers la salle de restaurant, où l'on pouvait entendre l'orchestre jouer quelque chose qui ressemblait vaguement aux *Champs-Élysées*. Eugenio faillit aller demander aux musiciens d'interpréter plutôt une mélodie chinoise, comme il l'avait fait quelques jours auparavant, car il aimait bien cette chanson que sa grand-mère écoutait souvent lorsqu'il était enfant, et il était peiné de la voir ainsi massacrée, mais il n'en fit rien et regagna sa chambre pour rédiger un début d'article. Il parla un peu à la photo de Mariana, lui demanda des nouvelles de Fabien Barthez et de Tchekhov, crut l'entendre lui répondre que tout allait bien, puis il sortit et marcha dans les rues autour de l'hôtel jusqu'à ce qu'il trouve l'un de ces multiples marchands ambulants enveloppés de fumée qui vendent de très fines brochettes épicées et des sortes de kumquats caramélisés, songea qu'il pourrait écrire un article sur le fait que les Chinois mangeaient toute la journée, que quelle que soit l'heure à laquelle on sort il y a toujours des vendeurs de nourriture et des gens pour en acheter, puis il s'assit sur le rebord torsadé d'un petit jardin et avala ses brochettes en contemplant muettement les passants qui passaient sans le voir. Il songea à ce rêve de sieste au bord du lac trois jours plus tôt, au poète ivre et à la lune insaisissable. Puis il songea aux couleurs d'automne de Béatrice et aux alignements de statues sous les acacias. Tout est mystérieux, infini et triste, se dit-il sans trop savoir pourquoi. Puis il héla un pousse-pousse à qui il indiqua l'adresse de Han Guo.

XXIII

Une petite assiette
de gingembres confits

— Mais monsieur Tramonti, en ce qui concerne la Chine, l'essentiel vous échappera toujours — tout comme il nous échappera toujours en ce qui concerne l'Occident, rassurez-vous, fit Han Guo en souriant. C'est très ancien et très profond, vous savez. Vous êtes une civilisation de l'arbre et du champ, nous sommes une civilisation du fleuve et du jardin. Tout est là.

Eugenio écoutait sans rien dire. Cela lui semblait être un raccourci discutable, mais intéressant. Le thé fumait devant eux, sur une table laquée représentant une armée de démons grimaçants.

— D'un côté l'arbre, c'est-à-dire les branches qui se ramifient, continuait Han Guo, la filiation, la suite logique, la cause qui provoque une conséquence : c'est une progression active. De l'autre le fleuve, une découverte lente, par déductions concentriques, apparemment sans heurts mais qui témoigne de nombreux tourments en profondeur : c'est une progression passive, qui est entraînée par le mouvement même de l'objet étudié. Ce n'est pas tout. D'un côté le champ cultivé, parcellisé, la culture purement utilitaire. De l'autre le jardin piqué, taillé, le trompe-l'œil, la culture purement esthétique. Vous voyez, nos deux mondes sont compatibles parfois, mais souvent irréconciliables, notamment en ce qui concerne les méthodes. Aussi ne vous étonnez pas si vous avez le sentiment de ne rien maîtriser. C'était un peu mon cas aussi lorsque j'étais à Paris. Mais il est vrai que je n'y avais personne à retrouver, ajouta-t-il.

Il avala une gorgée de thé. La lumière était paisible et bleutée, comme chargée d'une promesse de pluie. Han Guo habitait dans les quartiers ouest de Pékin, dans une rue étroite et calme. Il était un peu plus jeune qu'Eugenio. Une tache rouge lui mangeait la moitié d'une joue. C'était un homme assez spontané, souriant, qui avait fait à Paris des études de littérature comparée. Il était mince et d'allure plutôt sportive, vêtu très élégamment, d'un costume sombre et bien coupé. Sa femme ne devait pas avoir plus de vingt-cinq ans, elle allaitait leur bébé dans une pièce attenante. Elle ne parlait pas un mot de français. L'appartement était étroit et coquet, bien éclairé, les murs blancs et nus. C'est très petit, avait dit Han Guo en s'excusant, mais les loyers sont si chers à Pékin... Sa phrase était restée en suspens, indiquant qu'il s'agissait sans doute d'un discours convenu et accepté par tous, et il avait servi le thé.

— L'arbre et le fleuve, reprit-il, cela se retrouve aussi dans nos histoires respectives. La nôtre est jalonnée de luttes millénaires contre les débordements meurtriers de nos grands fleuves, la vôtre par la lutte pour l'espace et le défrichement des forêts. On retrouve aussi la forêt dans vos architectures : songez aux cathédrales gothiques, à cette débauche de pilastres et de nervures.

Eugenio pouvait volontiers souscrire à tout cela, mais ce qui le chiffonnait un peu, c'était qu'au terme de sa visite il ne possédait une fois de plus aucun véritable renseignement supplémentaire concernant Anne-Laure. Or c'était tout de même le but premier de sa venue. Han Guo lui avait dit qu'il la connaissait depuis longtemps, depuis l'époque où, étudiant en France, il avait été logé un temps chez Choisy-Legrand, et qu'il l'avait revue plusieurs fois depuis qu'elle vivait en Chine. Mais cela faisait plus de deux mois qu'il n'avait plus eu de nouvelles. Il savait qu'Anne-Laure fréquentait des groupes d'étudiants et de chômeurs, était au courant des concerts de rock qu'ils organisaient, avait même assisté à l'un d'eux, et considérait comme possible qu'elle ait pu avoir, une fois ou deux, maille à partir avec les autorités.

Néanmoins, cela ne semblait pas trop l'inquiéter. Quant à Jia Shensheng, il le connaissait personnellement, et ne paraissait pas non plus très ému par son sort. (Cette relative absence d'inquiétude, comme celle de Zhang Hiangyun la veille, étonnait beaucoup Eugenio.) Cela se réglera très vite, avait dit Han Guo, c'est sans doute une question de jours. Mais lorsqu'il sortira, évitez tout de même de lui rendre visite, avait-il continué. Il risque d'être assez surveillé.

Voilà une porte de fermée, avait pensé Eugenio, tout en se disant qu'elle n'avait peut-être jamais été vraiment ouverte.

La conversation s'était ensuite poursuivie fort civilement, jusqu'à ce qu'Eugenio fasse part à Han Guo de ses doutes quant à son efficacité dans cette affaire. La réponse avait été ce parallèle entre l'arbre et le fleuve, le champ et le jardin. La femme de Han Guo posa sur la table entre eux une petite assiette de gingembres confits. Elle tenait son bébé d'une main, comme un ballot de chiffons. Il dormait la bouche ouverte. Eugenio pensa à Zhang Hiangyun. Il en arrivait à se poser sérieusement la question de savoir si Anne-Laure existait réellement.

— Pourquoi Anne-Laure est-elle ainsi invisible? demanda-t-il. On jurerait qu'elle n'est qu'une image un peu floue que l'on poursuit sans cesse et qui s'éloigne de plus en plus au fur et à mesure qu'on croit s'en approcher.

Han Guo sourit.

— On a parfois de bonnes raisons pour ne pas se laisser approcher, dit-il. Mais il est possible aussi qu'elle n'y soit pour rien, et qu'elle ne soit tout simplement pas approchable. Dans ce cas, ce sera peut-être lorsque vous vous en sentirez le plus éloigné qu'elle sera à portée de main.

Eugenio commençait à avoir l'habitude de ce genre de formules, qui ne l'agaçaient même plus, pas plus qu'elles ne l'éclairaient particulièrement. Quelques minutes plus tard, fredonnant machinalement *Noir c'est noir* dans le pousse-pousse qui le ramenait à l'hôtel, il repensait à ces paradoxes qu'aimait tant Mariana, et se disait qu'elle serait vraiment beaucoup plus à l'aise que lui à sa place. En rentrant à l'hôtel, il prit connaissance d'un message déposé pour lui à la réception. Le message était ainsi rédigé : « *Tu connaîtras le royaume de Dieu quand tu sauras prendre le haut pour le bas, et le bas pour le haut* » (le *Christ à Thomas*). *Essayez d'être ce soir là où nous nous sommes vus la dernière fois, même heure.* Suivait ce qu'il fallait bien considérer comme une signature : *Li Po, la lune dans le fleuve.*

XXIV

Il trouvait ces analogies
assez amusantes

Il se souvint du mot de passe, « Mister Choose »,
et la porte s'ouvrit. Une grosse femme silencieuse
vêtue d'un kimono grenat le précéda dans un couloir très étroit, dont il n'avait pas remarqué la
première fois que les murs étaient recouverts de
vieilles photographies représentant l'ancienne famille
impériale, de nombreux dignitaires et quelques
eunuques, graves et figés. Parvenus dans une sorte
de sas rond contenant plusieurs niches à l'intérieur
desquelles des bougies dispensaient une lueur falote,
la grosse femme s'écarta, et laissa Eugenio franchir
seul un rideau de lourdes tentures.

La salle dans laquelle il pénétra n'était pas tout à
fait la même que celle où Violette l'avait rejoint trois
jours auparavant, mais elle lui ressemblait beaucoup.
Les mêmes tapis épais, des bougies identiques, mais
dispensant un parfum différent — l'amande amère

peut-être, pensa Eugenio, encore qu'une légère odeur moisie ici aussi semblât se détacher, un peu plus diffuse —, chaises et fauteuils, trois sofas et trois tables, tout aussi encombrées d'objets sculptés ou vernis. Et surtout, six alcôves à peu près identiques, en étoile autour de la pièce, chacune d'elles ici aussi flanquée de deux portes en trompe l'œil, ornées comme dans l'autre pièce de dragons furibonds. Tout autour de lui n'était que silence et pénombre. Il s'assit dans un vaste fauteuil, près d'une table aux pieds finement torsadés, examina les meubles encombrés, les coins d'ombre, les tentures et les rideaux. Il se disait que quelque chose lui faisait signe, mais il ne savait pas quoi. Sur la table qui se trouvait juste devant lui, une petite boîte de corne ou d'ivoire était entrouverte. Comme précédemment, il y avait à l'intérieur un papier roulé, sur lequel Eugenio put lire en anglais : *Tung Kuo Tseu demanda à Tchouang Tseu : — Où se trouve le Tao? — Il n'y a pas de lieu où il n'est pas. — Indiquez-moi un de ces lieux. — Dans cette fourmi. — Plus bas? — Dans ce brin d'herbe. — Plus bas? — Dans ce bout de brique. — Encore plus bas? — Dans cette raclure. Tung Kuo Tseu se tut alors. Et Tchouang Tseu lui dit : — Vos questions ne touchent pas à l'essentiel.* Eugenio reposa le papier dans la boîte. Il s'attarda sur la structure en étoile des six alcôves obscures et silencieuses, et crut comprendre. Il se leva. Ce qui lors de sa première visite ici lui avait échappé lui semblait à présent évident, et malgré lui le fit un peu sourire : il se trouvait au centre exact d'un labyrinthe, d'où partaient ces couloirs dont l'un, peut-être, mènerait enfin à l'extérieur, et la lumière. La récente fréquentation des métaphores que semblaient particulièrement goûter les Chinois ne pouvait pas ne pas lui faire penser à sa situation présente. Il se remémora alors les jours précédents, et se dit que depuis une semaine il avait parcouru quelques couloirs dans le grand labyrinthe de Pékin, qu'il avait bifurqué, fait demi-tour, bifurqué à nouveau, dans l'espoir toujours renouvelé d'accéder à la chambre centrale. Après bien des hésitations il était parvenu, puis revenu, à l'endroit indiqué, et à présent il était à nouveau dans un lieu labyrinthique, cette pièce d'où rayonnaient plusieurs couloirs. « Une structure qui se répète identiquement à l'infini, quelle que soit l'échelle », avait-il dit à monsieur Zhang dans l'avion, une semaine auparavant. Il trouvait ces analogies assez amusantes. Il se dirigea vers l'une des trois tables rondes, où il aperçut sans trop de surprise — il s'y attendait presque — un petit labyrinthe de bois sculpté. Il s'en saisit et le tourna entre ses mains. Ce pouvait être un lieu de supplice pour insectes, par exemple. Il lui semblait avoir lu un jour quelque chose à ce sujet. On installait, mettons, un criquet et une feuille de salade dans la chambre centrale, une araignée dans un coin du labyrinthe, et on attendait. Le criquet se préoccupait exclusivement de sa feuille, tandis que l'araignée dévalait à grande vitesse les couloirs du labyrinthe. Tôt ou tard le chasseur atteignait sa proie, et lui fondait dessus. C'est juste avant d'accéder à la chambre centrale que Thésée surprit le Minotaure endormi, pensa aussi Eugenio. M'y voici. Reste à savoir si je suis Thésée ou l'autre.

Un bruit de pas feutrés, le souffle d'un rideau soulevé et le léger fléchissement de la flamme des bougies lui signalèrent que quelqu'un venait de pénétrer dans la pièce.

XXV

*Il n'était
qu'un invisible chaînon*

Je vous connais, dit Eugenio, je vous ai déjà vu quelque part. C'est possible, répondit l'homme en souriant, pourtant l'ambiance était bien enfumée. Il s'assit face à Eugenio et lui tendit la main. J'y suis, dit Eugenio en lui tendant la sienne, c'était hier soir au bar de l'hôtel, vous étiez seul à une table. Vous êtes Pietro Savelli, n'est-ce pas ? En effet, dit Savelli, bonsoir. Bonsoir, répondit machinalement Eugenio.

Un silence s'installa. Accoudé à la table aux bibelots, Savelli tournait entre ses doigts le labyrinthe en bois sculpté. Il était très grand et semblait à l'étroit dans le petit fauteuil. Ses jambes remuaient sans cesse et s'étendaient au-devant de lui, comme deux antennes douées d'une vie propre, pensa Eugenio. Il semblait chercher ses mots. Joli piège, n'est-ce pas ? fit-il soudain. Il avait un très léger accent italien, difficilement repérable.

— Oui. À criquets ? hasarda Eugenio.

— À grillons, plutôt. Ou à petits hannetons.

Puis, voyant la moue peu enthousiaste d'Eugenio :

— Ce n'est pas plus cruel que la corrida, vous savez. Là aussi, la victime a sa chance, si l'on veut. Si l'araignée hésite sur le chemin à prendre pour rejoindre le grillon, la partie est interrompue. Mais comme dans les corridas, il s'agit d'une chance qui survient, disons... assez rarement. C'est un euphémisme, bien sûr.

— Je n'aime pas beaucoup la corrida, dit Eugenio. Je ne sais pas si je trouve ça snob, ou bien vulgaire. Mais vous voulez peut-être me parler d'Anne-Laure ?

Pietro Savelli sortit de sa poche un paquet de courtes cigarettes, les mêmes que James Stewart cinq jours plus tôt, en proposa une à Eugenio, et les alluma toutes deux. Il jeta négligemment l'allumette dans un vase orné de torsades bleues et mauves. Ses jambes ne cessaient de remuer nerveusement.

— Dites-moi simplement si je peux rencontrer Anne-Laure, afin de renseigner son père, continua Eugenio.

Savelli le fixa quelques instants en fronçant les sourcils. Il semblait réfléchir très vite.

— Anne-Laure est morte, dit-il tranquillement en recrachant la fumée de sa cigarette.

Eugenio écarquilla les yeux et demeura interdit.

160

Cette éventualité n'était certes pas à écarter, depuis un ou deux jours il s'y était même préparé, mais malgré tout la nouvelle l'assommait un peu. Il respira profondément et regarda autour de lui les vases, les meubles, les trompe-l'œil sur les portes, puis le visage de Savelli — un assez beau visage, un peu maigre et très vigoureux. Ensuite il s'entendit demander, tout en s'étonnant du ridicule de sa question :

— Comment ça, morte ?

Savelli croisa puis décroisa les jambes, exhala un nuage de fumée et se pencha vers Eugenio.

— Monsieur Zhou Yenglin dit que vous êtes quelqu'un de bien, fit-il à voix basse. Je fais confiance à monsieur Zhou Yenglin.

Il tira à nouveau sur sa cigarette.

— Aussi je vous confie ceci, poursuivit-il. Anne-Laure est morte, pour son père.

Il avait appuyé sur les trois derniers mots. Il demeura quelques secondes penché vers Eugenio, plongeant ses yeux dans les siens, puis se rassit plus profondément dans son fauteuil. Son pied droit tressautait contre celui de la table. Très rapidement, Eugenio se demanda si cela signifiait qu'elle était morte *pour* son père, autrement dit *à cause* de lui, ou si elle ne devait en vérité être morte *que* pour lui. Tout dépendait en somme d'une minuscule pause dans l'enchaînement des syllabes, dont Eugenio ne savait plus s'il l'avait ou non perçue, d'un accent tonique placé sur « morte » ou bien sur « père ». Avant qu'il ne demandât à Savelli de lui fournir quelques précisions supplémentaires, celui-ci poursuivit :

— Il vaut mieux lui dire qu'elle est morte, c'est en tout cas ce qu'elle veut. Elle ne veut plus entendre parler de sa vie passée. Voilà.

Eugenio eut une moue d'impuissance et de dépit.

— Que dois-je faire, alors, demanda-t-il en chuchotant presque.

— Elle aime ce pays, vous comprenez. Elle aime sa vie ici. Elle veut tout recommencer.

— Cela ne me concerne pas vraiment, objecta Eugenio, mais il est inutile pour cela de se déclarer morte au monde.

— C'est sa volonté, dit Savelli. Ni vous ni moi n'y pouvons rien. Elle ne veut plus avoir affaire à son père.

— Mais que s'est-il passé ? Pourquoi tous ces secrets ? Ne peut-elle pas lui dire qu'elle ne veut plus entendre parler de lui, et disparaître ensuite ?

À son tour, Savelli eut une moue d'impuissance, et Eugenio comprit qu'il avait lui-même déjà présenté ces arguments à Anne-Laure.

— Des histoires entre son père et elle à la mort de sa mère, je ne sais pas vraiment quoi... Mais le passé non révélé..., monsieur Tramonti — il laissa quelques secondes ces mots-là en suspens —, le passé non révélé a aussi son charme, non? Ou tout au moins son utilité, je le crois fortement. Le fait est qu'à présent elle préfère disparaître, et renaître. Tant qu'elle n'était pas sûre de vouloir vivre dans ce pays, elle se signalait à lui de temps en temps. À présent elle en est sûre. Je n'ai rien à dire là-dessus. Je ne connais pas sa vie d'avant. Je fais partie de la nouvelle.

— Oui, bien sûr, dit Eugenio.

Il se sentit soudain très abattu, presque triste. Plus tard il se dirait que c'était parce qu'il venait de réaliser confusément que, en ce qui le concernait, il ne faisait partie d'aucune des deux, que pour ce fantôme qu'il avait poursuivi pendant huit jours il n'était décidément rien, qu'un invisible chaînon — un maillon inexistant entre les deux vies d'Anne-Laure.

— Vous allez rester en Chine? demanda-t-il d'un ton neutre.

— Oui, dit Savelli.

— Et vos... activités politiques?

Savelli eut un sourire.

— Ne craignez rien. Nous sommes prudents. Et puis les temps ont changé depuis Tian'anmen. Les jeunes, surtout, ont changé...

Eugenio voulut lui dire qu'il semblait le regretter, mais Savelli poursuivait :

— Disons qu'on les sent plus soucieux de réussite individuelle que de justice sociale et collective…

Savelli souleva la carapace d'une tortue de bronze et y écrasa sa cigarette, à moitié consumée. Manifestement il avait décidé que l'entrevue était terminée.

— Voilà, monsieur Tramonti, fit-il avec un léger soupir. Je ne peux rien vous dire de plus concernant Anne-Laure. Elle souhaite être morte pour son père. Mais vous savez bien que ce genre de vœu est parfois purement symbolique. Et du reste, dans ce cas de figure, monsieur Choisy-Legrand préviendra l'ambassade, qui retrouvera sans doute sa fille, car elle a conservé son nom et son passeport. Anne-Laure ne se préoccupe jamais de ces détails pratiques, elle ne suit que son désir du moment. Je vais vous faire une confidence : je ne connais pas monsieur Choisy-Legrand, je le suppose un peu paranoïaque et dictatorial, mais je pense que c'est un homme assez intelligent pour comprendre la situation. Dans tous les cas, Anne-Laure aura disparu pour lui. Il s'agit donc de savoir s'il vaut mieux lui présenter cette disparition comme volontaire ou non. Pour ma part je pencherais pour la première solution. Mais bien sûr je ne vous ai rien dit, poursuivit-il en se levant. Agissez en votre âme et conscience.

Il tendit un papier à Eugenio.

— Elle veut bien vous voir. Ce qu'on lui a dit de vous l'incite à vous faire confiance. Mais elle tenait d'abord à ce que les choses soient claires entre elle et vous. En ce qui concerne son père.

Eugenio se leva aussi. Il faisait une tête de moins que l'Italien, et c'est peut-être pour cela qu'il se sentit un peu écrasé, triste et, sans savoir pourquoi, honteux. Ils se serrèrent la main. Savelli se dirigea vers l'alcôve par où il était entré, se retourna, fit un petit signe amical à Eugenio, se courba, et disparut entre les deux dragons en trompe l'œil. L'entretien avait duré trois minutes trente. Eugenio avait un peu froid. Quelque chose de fade lui envahissait la bouche.

XXVI

Dire adieu à une histoire jamais advenue

L'avion filait vers le nord-ouest et le Prince André était introuvable. Eugenio tournait machinalement entre ses doigts le papier à en-tête de l'hôtel que lui avait glissé Béatrice au moment du départ. La pluie à Pékin a quelque chose de sale et de joyeux, vous ne trouvez pas ? avait-elle demandé au milieu de la cohue, alors qu'une voix un peu trop chantante annonçait l'embarquement immédiat pour Paris. C'est elle qui avait insisté pour l'accompagner à l'aéroport, et ils s'y étaient heureusement pris longtemps à l'avance car depuis le matin une pluie torrentielle nettoyait les artères de la ville, provoquant embouteillages, accidents, et concerts interminables de klaxons enroués. Il n'avait rien répondu, avait juste souri. Béatrice lui avait rendu son sourire et à nouveau un léger tourbillon de bleu, de rouille et de fraîcheur automnale s'était installé entre eux.

Eugenio s'était dit qu'en dépit du flot des passagers le moment était délicieux, comme une pause dans la tourmente, mais qu'il fallait y aller. Il avait tendu la main à Béatrice et s'était un peu penché sur elle, elle avait glissé sa main dans la sienne et dans le même temps s'était hissée sur la pointe des pieds. Cela s'était passé presque par surprise. Ils s'étaient embrassés longuement, avec une infinie tendresse et une totale absence de fougue, se tenant la main, de l'autre se caressant les joues du bout des doigts, comme pour dire adieu à une histoire jamais advenue. Autour d'eux les voyageurs couraient, tout entiers soumis à la fébrilité et la légère inquiétude des départs. Puis ils s'étaient séparés sans un mot, chacun accrochant encore quelques secondes de ses yeux et ses doigts le visage de l'autre. Béatrice en retirant sa main avait laissé dans celle d'Eugenio le papier plié, lui demandant d'un regard un peu gêné de ne le lire qu'une fois dans l'avion. Puis Eugenio s'en était allé, et ils avaient été noyés tous deux dans le flot des silhouettes sombres et pressées.

Plus tard, au-dessus des nuages, environné d'un bleu étincelant, Eugenio déplierait le papier et lirait, puis relirait, ces quelques mots, un court poème : « *Le printemps est si court / À quoi bon parler / De la vie éternelle / Murmurai-je / En lui tendant mes seins.* Yosano Akiko, 1901. » Il fermerait les yeux et penserait à des couleurs un peu froides. Il penserait aussi à cet autre papier que lui avait remis Savelli, sur lequel était indiquée l'adresse où il pourrait trouver Anne-Laure. Il l'avait un peu tourné et retourné entre ses doigts, puis l'avait offert à la flamme d'une allumette et longuement regardé se consumer dans le petit labyrinthe à criquets.

Eugenio avait la veille au soir rencontré Zhang Hiangyun au bar de l'hôtel. Il lui avait raconté l'entrevue avec Savelli, le désir d'Anne-Laure de ne plus avoir de relation avec son père, le papier avec l'adresse, et sa décision de le brûler, de tirer un trait sur toute cette affaire, sans même dire à Choisy-Legrand qu'il *aurait pu* rencontrer Anne-Laure, ni a fortiori l'endroit où il aurait pu la rencontrer, qu'il avait d'ailleurs pris soin de ne pas retenir. Connaissez-vous le *Tao-tö-king*, avait alors demandé Zhang Hiangyun. Vous m'avez déjà posé cette question, avait dit Eugenio, et je vous ai déjà répondu non. C'est vrai, avait souri Zhang après quelques secondes de silence. Eh bien je vais vous en citer un passage — de mémoire, avait-il ajouté, je me tromperai peut-être, pardonnez-moi, mais l'idée est bien celle-là. Puis il avait récité : « Sans franchir la porte on connaît l'univers. Sans regarder par la fenêtre on connaît la voie du ciel. Plus on va loin, moins on connaît. Le saint connaît sans voyager, comprend sans regarder, accomplit sans agir. »

Eugenio avait fait la moue. Je ne suis pas un saint,

avait-il dit. C'est certainement vrai, avait répondu Zhang Hiangyun, car si vous aviez suivi ce précepte, vous ne seriez pas venu en Chine — ce qui aurait été dommage, avait-il ajouté en s'inclinant légèrement, j'ai eu plaisir à vous rencontrer. Mais voyez-vous, monsieur Tramonti, il est possible que l'énigme — dans la mesure où il y a une énigme, bien entendu — ne réside pas ici, où se trouve la jeune fille, mais bien chez vous, où elle n'est plus. Que voulez-vous dire, avait demandé Eugenio. «Plus on va loin, moins on connaît», avait repris Zhang. Êtes-vous certain que l'essentiel n'est pas tant la disparition de la jeune fille que la raison de cette disparition? Eugenio ne savait que répondre. La question de savoir ce qui s'était passé entre Anne-Laure et son père ne l'intéressait pas vraiment, et il se voyait mal tenter de la percer à jour une fois de retour à Marseille. À force de courir après Anne-Laure, il s'était presque pris d'affection pour elle. Il avait choisi son camp : c'était son camp à elle, celui de la disparition volontaire, sans trace. Vous avez sans doute raison, dit-il à Zhang Hiangyun. Et puis, avait-il ajouté avec un sourire, j'ai finalement un peu obéi à ces préceptes que vous venez de citer : ce que j'avais à accomplir ici, je l'ai accompli sans agir, n'est-ce pas?

Plus tard dans la soirée il avait envoyé un mot d'adieu et de remerciements à Zhou Yenglin, et téléphoné à Choisy-Legrand pour l'informer de l'échec de sa mission. Elle est vivante, avait-il dit, son ami italien aussi, mais elle est introuvable, c'est tout ce que j'ai pu savoir. C'est maigre, avait dit Choisy-Legrand. Maigre mais essentiel, avait répondu Eugenio. Après tout, vous l'aviez dit vous-même : « Il est possible que rien de particulier ne lui soit arrivé, qu'elle n'ait tout simplement plus eu envie de répondre à mes lettres. » Ce doit être ça. Je crois qu'il s'agit avant tout d'une histoire entre elle et vous. Je n'ai rien à y voir. Choisy-Legrand était resté à peu près silencieux, peut-être abattu mais ne manifestant pas apparemment le moindre senti-ment, pas la moindre contrariété à ses propos — ni le moindre intérêt, presque, n'avait pu s'empêcher de penser Eugenio, sans doute s'était-il déjà préparé à la nouvelle —, le remerciant vaguement et n'in-tervenant réellement après quelques soupirs que pour lui demander s'il comptait rentrer bientôt, ce à quoi Eugenio avait répondu « le plus tôt possible, demain par l'avion de neuf heures ». Après avoir rac-croché, Eugenio avait aussi écrit un petit mot rapide à mademoiselle Yi Ping, à qui il s'était soudain sou-venu qu'il avait promis de donner des nouvelles d'Anne-Laure. Ensuite il avait préparé ses valises et renfermé la photo de Mariana. Mais d'abord il l'avait tenue à bout de bras face à lui et lui avait parlé un peu pour se plaindre de l'étrange sentiment d'*inexistence* qui s'emparait de lui avec de plus en plus de force, lui disant que bien sûr c'était ce qu'il pressentait dans sa dernière lettre, qui d'ailleurs arriverait certainement après lui, lorsqu'il lui disait qu'il désirait devenir totalement apathique, mais que dans son esprit il s'agissait d'un choix, d'un désir très net d'effacement en regard d'un monde dominateur, clinquant, trivial, pittoresque et mortifère que tout comme elle il rejetait, et non d'un effacement subi, une mise à l'écart involontaire, le sentiment assez pénible de ne peser sur rien et surtout pas sur l'objet qu'il avait — ou, plus précisément, qu'on lui avait donné — pour tâche de poursuivre. Bien sûr, avait-il continué en souriant à Mariana, j'ai retrouvé la trace d'Anne-Laure, même si c'est une trace un peu évanescente, et il est juste de dire que c'est en ne faisant rien, en ne pesant aucunement sur les événements, que je suis parvenu à ce piètre résultat. Mais je dois avouer que, bien qu'épris de fadeur et de grisaille, celles que je retire de tout cela dépassent un peu mes espérances. Tu vois, c'est sans doute l'essentiel de ce que je retirerai de ma confrontation avec la Chine : le sentiment de me fondre, de disparaître aux yeux de tous, et je crois que tu es la seule personne qui pourra prévenir cet effacement. Et puis, avait-il continué, je voulais te le dire avant de te le redire dans quelques heures : j'ai bien réfléchi, je n'ai pensé qu'à ça pendant tout ce voyage : je ne

171

suis décidément pas sûr de pouvoir être écrivain dans un siècle pareil. Ou bien il faudra que quelque chose se modifie. Je ne veux plus de ces voyages ni de ces histoires lointaines, précieuses ou sordides, je ne veux plus non plus de ces clins d'œil, trouvailles de petits malins, habiletés, esquives élégantes, toutes ces ambiances frauduleuses — mais le pire est que je ne sais pas ce que je veux. Il me semble parfois que mon cerveau est comme ces images de villes bombardées qu'on voit à la télévision : un champ de ruines, dévasté. Si j'écris, je devrai abattre les murs restants, montrer les fils, les briques, les câbles souterrains. Alors, peut-être, je pourrai redémarrer. Raconter des histoires, je ne sais pas si ce sera possible. Pas plus que je n'ai envie d'employer mes quelques mots à n'être qu'un énième apologue du silence — et quand bien même j'en aurais l'intention, le sentiment croissant de mon inexistence m'en empêcherait sans doute. Alors je n'ai rien à proposer vraiment, ni action, ni aventure, ni solide projet d'écriture, ni solide projet d'avenir. Rien. Simplement, je t'attends. J'arrive, et je t'attends. Puis il avait rangé la photo, ainsi que celle d'Anne-Laure qui lui souriait inutilement depuis un présent insaisissable et un futur à jamais inconnu.

DU MÊME AUTEUR

Aux Éditions Gallimard

VIDAS, collection L'un et l'autre, 1993

L'ENCRE ET LA COULEUR, collection L'un et l'autre, 1997

LE VOL DU PIGEON VOYAGEUR, 2000 (Folio n° 3680)

DU BRUIT DANS LES ARBRES (2002)

Chez d'autres éditeurs

VIES VOLÉES, Climats, 1999

RIEN, *nouvelles*, Champ Vallon, 2000

UNE ODEUR DE JASMIN ET DE SEXE MÊLÉS, Les Flohic, 2000

LES CIGARETTES, *poèmes*, L'Escampette, 2000

ITINÉRAIRE CHINOIS (UNE ÉNIGME), L'Escampette, 2001

UNE THÉORIE D'ÉCRIVAINS, Théodore Balmoral, 2001

SORTILÈGE, Champ Vallon, 2002

Composition Bussière.
et impression CPI Bussière
à Saint-Amand (Cher), le 8 avril 2014.
Dépôt légal : avril 2014.
1ᵉʳ dépôt légal dans la collection : avril 2002.
Numéro d'imprimeur : 2009138.
ISBN 978-2-07-042158-9./Imprimé en France.